イミ不明…デス

なんで生きてるんだろう

上田菜美子
Namiko Ueda

文芸社

イミ不明・・・デス

1

「ゲホッゲホッ」

まずいし気分も悪い。そしてくさい。初めて私が吸ってみた白い棒は、私が肺に息を入れるたびに茶色い部分が私に向かってきて、どんどん短くなっていく。ゆらゆらと私の上へと昇っていく白い煙は、とてもひ弱ですぐに消えてしまう。

二本目に火をつけた。と言ってもライターを持っていないので、わざわざ台所まで行ってガスの火でつける。そして親にバレないようにきちんと換気扇を「強」で回して、それからやっと口に運べる。いくら「強」で換気扇を回しても家の中で吸ってしまっては、家中に臭いが充満してしまう。ダッシュでベランダまで行き、そこでやっと腰をおとしてゆっくりタバコを吸える。

「キレイ」

たち昇っていくひと筋の白い煙を見ながら、その後ろに広がる暗黒の世界の中、美しく輝く月を見るのも悪くないものだ。光り輝く月を見ながら、初めてタバコを吸ったのは十七歳のまだまだ寒さの残る春だった。

2

散り終わった桜は大嫌いだ。今まであんなに咲きほこっていたのに、今は見る影もない。ちらほらと出てきた黄緑色の新芽と花びらを失った赤紫色のがくは、華やかだった分、よけいに哀れに見えるのは私だけだろうか。

高校三年生になった私は、やっと新しいクラスに慣れることができてホッとしていると ころだった。偶然にも高校一年生の時に同じクラスで少し仲のよかった香《カオリ》と、また同じクラスになれたことはとても幸運だった。香は目鼻立ちがはっきりとしていて、優しい顔つきではないがけっこうな美人だ。髪の色はもともと色素が薄いらしく、染めてもいないのに栗色に近い色合いをしている。性格については、悪い噂《うわさ》は聞いたことがない。まあ、よく男に告白されるらしいが、これだけの外見をもっているのだからあたり前だ。ほぼ完璧に近い香はなかなか目立つ存在だ。その横に並ぶのはとても辛いが、ま、特定の一人が決まっているので、休み時間も、昼休みの弁当の時間も困ることはないのでひと安心だ。

四月の教室は、一年間のクラス内の地位がどの友達を選ぶかで決まるのだから、まるで戦場だ。だから、他の子に香を取られないように見張っていなくてはいけない。私達になれなれしく話しかけてくる子や、あきらかに香だけを手に入れようとする子、いろいろいる。なかでも要注意人物は、バレーボール部の絵理子《えりこ》だ。外見は目がクリッとしていて、どちらかというと美人というよりかわいらしい、という雰囲気の子だ。スタイルは、バレー部でがんばっているので筋肉がしっかりついていて、お世辞にも細いとはいえないが健康的な印象を受ける子だ。何が要注意かというと、絵理子は、クラスに一人は存在する、誰に対してもちっとも態度を変えず接することができ、とにかく性格が良くておもしろい子なのだ。もちろん私も好きだが香もけっこう気に入っているらしく、最近はよく二人で笑っている姿を目にする。

三人組になってしまうと後々がつらい。特につらいのが行事や体育で二人組にならなければいけない時だ。誰か一人が余ってしまう。そうなると、後々めんどうだし、落ち着かない。

私の心配とは裏はらに、日がたつにつれて、私と香、絵理子の三人でいる時間が多くなってきた。残念ながら周囲からもあそこは三人組なのだと認識されつつあるようだ。

3

ボーッとしていると前の席に座っている香が急に振り返って、

「ねえ、恵美ぃー。髪の毛切ろうと思うんだけど、どう思う?」

と聞いてきた。唐突な質問に驚いたが、

「もったいないよ。せっかく長いのにー」

本当にそう思ったので正直に答えた。表面上だけ。肩より少し長く伸びた、まっすぐな香の髪の毛は、太陽の光にあたるともともと茶色い髪が、一段と茶色みを増しピカピカしてとてもキレイだ。

「んー、どうしようかなぁ。もう少し伸ばそうかなぁー」

やっぱり、今日もフツフツとわいてきた。

『切りたいなら切ればいい。私に聞かなくても、あんたみたいにキレイな髪をしていたら絵理子やクラスの子、全員ちゃんと止めてくれるよ。わざわざ私に聞かなくても。単に自分が美人だから自慢したいだけじゃないの』

香は、私の意見を参考にしたくて聞いているだけなのかもしれない。分かっているけれど、私の黒く染まった心は決して黙っていてはくれない。外側は人懐っこい顔で口を横にひっぱって笑顔をつくっているのに、内側は真っ黒。心の中で何を考えているか分からない。汚くて醜《みにく》い。でも、多分これは私の本当の姿だ。

私は香も絵理子もあまり好きじゃない。香はよく自慢をするし、一人っ子のせいか、ワガママな時がある。

「昨日、○×くんに告《コク》られた。どうしよう」

とか相談するだけしてきてすぐに別れるし、そのくせやたらとキツイことを私や絵理子に言ってくる。絵理子はいい人すぎてうっとうしい。必要以上のおせっかいは、いつも一緒に過ごす人にとっては「いいかげんにほうっといてくれ」と言いたくなるぐらい腹が立ってくるものだ。どちらかというと、香のほうがムカツク時が多いけれど、二人ともムカツク。でも、学校で一人でいるのは嫌だから一緒にいる。二人の存在は、ただ学校で過ごすための動具（動くモノ）。ただそれだけ。

4

ガタンゴトン——ガタンゴトン——。学校の帰りに電車の窓から見る夕日はとてもきれいだ。反対の窓を見ると、まだ青く光る街があるけれど、山のほうを見ると赤くゆらゆらと光る半円の太陽が、絵に書いたように山の谷間に落ちていく。電車の窓の枠《わく》から見る夕日は私だけの絵のような気がして、うれしくなる。毎日見ていてもあきることのない風景だ。

周りを見渡してみた。携帯電話をいじりながら下ばかり見ている茶髪の兄ちゃん。なぜか電車の進行方向に立って真っすぐ前を見ているおじさん。ジーパンに趣味の悪い黒色のTシャツを着た、ダサい大学生。螢光の黄緑色のくつ下がやばすぎる、スポーツ新聞を読んでいるサラリーマン風バーコード頭のおじさん。ポツンポツンとあいた席。とても静かで落ち着く。
しかし、次の駅でA高校の群団がおし寄せてきた。最悪っ——。
D子「てかさー、マジでかっこ良すぎ!!」
E子「あー、先パイねー」
D子「もうやばいよ。もう惚れちゃいますってかんじなの。けど、彼女いるんだよね」
E子「そうらしいねー」
D子「ヨシッ。奪ってやる。根性だ」
E子「マジでーっ。がんばれー!!」
「あはははは!」
大声で話すは、笑いだすは、ピーピー携帯を鳴らしだすはで、静かだった車内はブチ壊しだ。太い足を強調するミニスカートにルーズソックス。マスカラぬりすぎのまつ毛、細いまゆ毛、そして色の抜けた茶髪。絵に描いたような女子高生が、横にも前にもいっぱい。
そして、ここにもバカな女子高生が一人——。

また、さっきの二人が大声で話しだした。
D子「けどさー、マジで略奪愛とかしたらスゴクない？」
E子「本気で？」
D子「うん、本気で。だってカッコイイし、運命感じるもん」
ばからしくて笑える。恋だの愛だの、全てがばからしい。友情だの、家族だの、学校だの、勉強だの、将来だの、今ある全てがばからしくて嫌になる。私は、別にいじめにあっているわけでもないし、特別困ったこともない。いちおう、友達もいる。でも、心から信用なんてするわけがない。適当に合わせて、適当に笑顔つくって、終わり。それ以上の付き合いをしようとも思わないし、深い関係といっても知っているようで、知らないけれどめんどうくさい。しょせん、人間なんて一人ぼっちの生き物。他人は他人、自分は自分。友達なんて裏切られてあたり前。信じたほうが負け。だから、みんな上っ面だけの付き合い。それが正解なんだ。
恋も友情もばからしくて笑えるけれど、学校もばかにしてる。学校とは、勉強をしながら集団での生活の大切さを学ぶ場所。でも、それはずいぶん昔の話。現在《いま》はまったく違う。学べるとしたら、先生と生徒の上下関係。いじめのやり方、上手なウソのつき方、上手ないいわけの仕方、他人への裏切り、大人の哀れな姿、いい子の演じ方。

学校。それは、勉強をおしつける場所。学ぶことの大切さより、一問でも多くの正解をだすことを重視する所。プレッシャーばかり与える場所。進学の通過点にしかならない所。

ただプリントを配り、生徒に背を向けてひたすら答えを書く、黒板とはとても仲良しな先生。ただ、黒板に文字を書き、それをそのままノートに写すようにと指示をする先生。

まぁ、こういう先生の授業は、寝るかメールをするかに限る。でも、寝ていると、

「コラッお前、点数を引くぞ!!　寝るやつはマイナス五点だからな」

と脅《おど》す先生もいれば、

「夜に寝ろ💢　お前は何時間寝れば気がすむんだ」

キレだす先生もいる。お前の授業がしょうもなさすぎて、退屈だから寝るんだよ、というメッセージには気が付きもしない。怒りだしたと思ったら、次は、

「お前らのせいで遅れたじゃないか。起きてさっさと勉強しろ。急げよ。ほんとにっ」と焦りだす。内容よりも、進むペースばかり気にするのだ。中身のない勉強になんの意味があるのか。

だから、学校もあまり好きじゃない。でも、みんなが行っているし、親も行きなさいと頭ごなしに言うから行ってる。ただそれだけ。

5

ガチャン。

「ただいま」

自分の部屋に直行した。ベッドの上に鞄をほうって、ブレザーとスカートをぬぐ。カッターシャツ一枚に、クォーターパンツ、そして二千円をはたいて買ったルーズソックスの姿で美味しそうな匂いにさそわれて、台所へ向かった。

今日の晩御飯はコロッケのようだ。ミンチや野菜とまぜる前の、ゆでたてのポテトが湯気をたてながら私を待っている。手を伸ばし、指でつまむ。すでにポテトサラダのようにつぶされたポテトは、なかなかつまみにくい。けど、パクリッ。アツッ。でも、ウマイ。

つまみ食い最高!!

「こらっ。手、洗ったの?」

と母の声。洗ってないけど、

「洗った、洗った」

と言う私。そして、今日の出来事を楽しそうに報告。笑顔で、あいづちを打ちながら、私の話を聞く母。とても、微笑ましい光景――。でも、何かが確実に欠けている。

私の家族は、ごく普通だ。中小企業のサラリーマンの父に、パートをしながら主婦業もこなす母、短大生の姉の四人家族。とても、平凡な家族。

辞書では、〔家族〕(名)同じ家に住む親子兄弟とある。ただ同じ屋根の下で暮らす、四人。それなのに、私は何を期待しているんだろうか。

姉が帰ってきた。

「ただいまー。疲れたぁー」

「お帰り。ちょっとお姉ちゃん、今日カードの請求書きてたわよ。何、買ったの？」

「あー。何だっけ。多分、この前に買ったスカート」

「あんまり無駄遣いしちゃダメよ」

「別にいいじゃない。自分のお金なんだから!!　帰ってきて早々、うるさいなぁ」

「親に向かってなんて口のきき方してるの!!　気をつけなさいよ!!」

姉は無視。そして、

「恵美、じゃまっ、どいて」

と妹の私にやつあたり。今日は、父が遅く帰る日なので三人で夕食。あまりおもしろくないバラエティー番組を見ながらの食事。会話がはずむわけもなく、六つの目はテレビにくぎづけになる。

「ごちそうさま」
席を立って、自分の部屋へ行き、ベッドにもたれかかりながら、メールをチェック。香からのメール有。
『今電車エヘッ♡　今日の現社の時間、携帯鳴ったのはビビッたー↘　バイブにしてるつもりだったのに前田（現代社会担当の教師。女。推定三十代後半）最悪キモすぎ。いちいち取りあげるなってかんじ。あいつのことだから、職員室でメールとか見てそー』　4/29　19:58　✉香
そういえば、今日、取られてたなぁ。
『前田やったら見てそ…災難だね明日返してもらえるの？　明日、雨降るらしいよ
体育つぶれるかも♪』　4/29　20:14
送信完了。
音楽を聞きながら、ベッドに寝ころがっていたら、いつのまにか眠ってしまっていた。
朝起こされて、母に小言を言われた。急いでシャワーを浴びて学校へ行った。

6

アジサイの花が咲き始め、もう梅雨が訪れようとしていた。梅雨は、ジメジメとしていて雨がよく降るから、制服が臭くなる。まだ冬服を着用しなければいけないので、水分を含んだ制服はよけい重たく感じる。ルーズソックスも水がはね返ってドロドロ。イライラしてくる。

急な坂道を登りきって、門の前で問題児はいないかと目を光らせる先生達を無視して、校舎に入り、階段を上がって、一緒に登校してきた中学の時の友達に手を振り、自分の教室へ向かう。机の上に鞄を置いて、後ろのロッカーから置き勉を取ってきて机の中にしまう。今日の宿題を写させてもらっている香に、

「おはよー。次、ノート見せて」

と言ったら、

「あーうん。けど、次、絵理子」

先を越されたか。みんな考える事は同じ。答えのあるノートは、もう予約でいっぱいだ。

「そっかー。じゃあ、絵理子の次、回してって言っといて」

「OK!!」

英語は三時間目だし、他の授業の時に写すか。

キーンコーンカーンコーン。

キーンコーンカーンコーン。

今日もつまらない学校が始まった。

今日もやっぱり突然、先生が怒り始めた。

「最近のお前らは、たるみすぎてる!! ダラダラして。社会に出たらなー、あまえなんぞ許されんぞ!!」

学校という職場しか知らないのに、何をえらそうに社会に出たら、だ。何の説得力もない叱《しか》り方に、同情すらする。校長にでもイビラレタのか？　奥さんに逃げられたか？　ストレスたまってるのか？　と。

強い雨が窓にぶつかるなか、六時間目のホームルームが始まり、担任が進路について語りだした。もちろん、ほとんどの生徒は机で隠《かく》しながら漫画を読んだり、メールを打ったり、タオルを枕に寝たりとぜんぜん聞いていない。私はといえば、メールをするのもめんどくさいので、タオルを枕にダラーッと体を倒しながらボーッと窓の外を見ていた。でも、負けずと話し出す先生のために耳だけ向けていた。

「もう、三年になって二ヶ月はたっているぞ。三年生なんて、本当にあっという間《ま》だ。他の先生からも、最近、君らの態度を見ていたら、だらけすぎているという注意をいただいた。今もそうだ。みんな、姿勢良く座ってみろ!!　なっ」

シーン……。

「それにな、毎日の授業の一つひとつが大切なんだぞ」

あれでかー⁇　自分で問題集を買って勉強するほうが、まだましな気がするけど。まっいいや。

「人生は、積み重ねなんだからなっ。まだ、進路の決まってない奴……は、まぁいないだろうが、みんながんばって勉強するように。いいな？」

シーン。コチコチ、時計の音だけが聞こえる。あと十五分か。長いなー……。

「去年の三年は、この時期からもうすでに努力していたぞ。だから、難関のA大学やB大学にも行くことができたんだ。君ら、今のままじゃ本当にあとでしんどくなるぞー。分かっているのか？」etc.……

まだまだ続く一人茶番。まぁ、一人でよく喋る、喋る。応援メッセージでもなんでもない。ただ自分のクラスから、学校から、少しでも多くの有名大学への進学者を出したいのだ。前のテストで、このクラスの平均点は最下位だった。きっと、校長や他の先生からいろいろ言われたのだろう。成績だけが全てではないのに……。担任も、上からの重圧に耐えているのかもしれない。担任の気持ちも分からなくない分、よけいに学校というシステムがイヤになる。

「とりあえず、進路のプリントを配るから、第一希望から第三希望まで書きなさい。まぁ、いないだろうが、学校名のあいまいな奴は前にある本で調べるように。明日までに、提出だ。いいな」

とりあえず……ね。

キーンコーンカーンコーン。

キーンコーンカーンコーン。

息をふき返したように、いっせいに騒ぎだすクラスメイト。うるさい。みんな、どうしてそんなに元気なの？　これから先の人生も決まってくる。これからの進路なんてどうすればいいか分からない。時々、頭がぐちゃぐちゃになって不安でたまらなくなる。志望校名、第二希望、第三希望、そして第一希望、いろいろ書かせないでほしい。なんでそんなに、親も教師もせかすのだろう。とりあえずって何？　そんなに簡単なものなのか。将来の夢なんて一つもない。何をしたらいいのか、ぜんぜん分からない。それに、未来に希望なんてない。何か取り柄があるわけでもないし、やりたいこともない。趣味もないし、めんどうくさいから、よけいなこともしたくない。
吉田《ヨシダ》　恵美《エミ》　四月二十五日生まれ
十八歳
希望も何もない、それどころか『全てに否定的な人間』です。

7

ピピピーピピピー。

午前七時、目覚まし時計で目が開く。今日も、また憂うつな一日が始まる。学校へ行って、授業を受けて、先生のくだらない話を聞いて、友達と弁当を食べて……夕方になって家に帰る。そして、夜に寝る。昨日と同じ。いつもと同じ、変化のない一日が始まる。そして、二十四時間後、また私は新しい一日が始まることにウンザリする。目が覚めなければいいのに。ずっと眠り続けることができたらいいのに……。

「恵美ぃー!!　いいかげんに起きなさい!!　遅刻するわよ」

母の声で現実に引きもどされた。

顔を洗って、制服に着がえる。いつもと同じ。そして、食卓へ向かう。

「恵美、早く食べてちょうだい。片づかないんだから」

「ちょっと、あんたじゃまよ。ボサーッて立って、ちょっとはシャキッとしたらぁー。んっとに」

なんで、朝からいろいろ、言われてるんだろう。まぁいいか。

「ごめんなさい」

「はっ？　何か言った？」

「お姉ちゃん、これお弁当」

「あっうん。行ってきまーす」

バタ、バタ、ガチャン。

嵐が去った。

「お父さんも。ハイこれ、お弁当」

「眼鏡、知らんか？」

「えっ。新聞見てる時に、かけてなかった？」

ゴソゴソ。ガサガサ。

「おかしいわねー」

そういえば、洗面台で見た――。

「行ってきます」

「恵美、お弁当持った？　あっ、また残してっ」

パタパタッ。ガチャン。

「もうあの子は。えー眼鏡。お父さん、見つかった？」

夢をみる。
ユメをみる。
まるでユメのような夢をみる。
そしてユメのような物語をつくる。
また夢をみる。
現実にもどる。夢の中のユメの自分が、
理想の塊《カタマリ》の自分が、跡形もなく、全て
消える。
自分に問いかける。
そして目を閉じる。
ユメをみる。
現実にもどる。
ユメをみる。

現実にもどる。

潰れる。

現実におし潰されそうになる。


「どうしたの？」

えっ？　あっ、やばっ。寝てた。ボリボリ。

「次、吉田さんよ。百十九ページの八行目から！　さっ、読んで」

えーっと、あっここか。座ったままで読んでいいのかな？　いいか。

「その本には、無数の――」

国語の時間は、無性に眠くなる。この先生の授業がおもしろくないわけじゃない。わりと国語は好きだと思う。春だからなぁ……って、もう梅雨で、もうすぐ夏じゃんか。やばいな、私。

8

少しずつ葉の色が、やわらかい黄緑色から濃い緑色に変わってきた。制服も冬服から夏服に変わり、少し爽やかな気分だ。いろいろな草木の匂いがする風は、とても暖かく、優しい。黒くてちっぽけな、アリ発見。白い蝶が、プカプカと飛んでいる。気持ちいいなぁ。

「どこ行くか、決めた？」

「あー。私、短大」

「香は、短大かー」

「絵理子は？　スポーツ推薦とか行けるんじゃないの？」

「え～、無理だよ。うち、弱いもん。恵美はどこに行くの？」

「——」

「恵美？　恵美ってば!!」

「ん？　あっゴメン。何？」

「やばーい。こいつ、意識とんでるよー」

ケタケタ笑う、香。心配そうに見てくる、絵理子。うっとーしいなぁ。

「大丈夫？」

「あっうん。ゴメンネ。聞いてなかった」

キョトッとした顔で、もう一度絵理子が言う。

「進路、決めた？」

「あーいや。まだぁ。やばめ？」

「ううん。私も、まだぁ。焦るねぇ。香は、短大だって」

「ふーん」

ヒラヒラとゆれる、半袖のカッターから見える、香のきめ細かく白い肌はとてもキレイだ。世の中は、不公平だなぁと思いながら、チラッと横を見た。健康的な小麦色の肌に筋肉ばりばりの手足。この子よりは、マシかな、とひと安心する私。香みたいに美人でスタイルが良く、みんなにチヤホヤされるような子なら、がんばれるのかな——と悲観する私。どっちの私も最低。自分を磨きもせず、思い込みだけで自分より劣っている人と比べる私は、本当に『最低な人間』です。

最近は、家に帰っても母親に、

「あんた、進路どうするの!!」

と、よく言われる。毎回のように、

「分からない」

「知らない」

と他人事のように答える私に、ついに母の堪忍袋の緒が切れた。二時間にもわたる説教。でも、母の声が私に届くはずもなく、頭の中はうるさいなぁ、まだ終わらないのかなぁ、あっハエだ!!　などトンチンカンな事ばかりがかけめぐる。

「今日、お母さんに怒られたんだってね」

と夕食後に姉が聞いてきた。

「うん」

「まだ、どこに行くか決めてないの？」

「うん」

「したい事とかないの？」

「うん」

「大学とか、短大とか、専門とか、そんなのも、決めてないの？」

「うん」

「あんたに、就職は無理だろうし」

「うん」

「あんた、ボーッとしてるから、お母さん、本当に心配してたわよ」

「うん」

「ハァー。あんた、そろそろ、自分の意志もたなきゃ、これから先やっていけないよ」

「うん」

「もし、大学に行くなら、あんたの今の成績じゃ危ないから、せめて、夏休みからでも予備校行かなきゃだめなのよ。分かってるの？」

「うん」

「ほんとに？」

「うん」

「ハァー」

もう、自分の部屋にもどっていいのかな？

ガチャン、ガタガタン。

「お父さん！　そんなに酔っ払って」

酒癖の悪い父が、真っ赤な顔をして帰ってきた。昔から、お酒が大好きな父が酔っ払うとろくな事が起きない。母とのけんかの原因にもなる。一番がまんできないのは、機嫌が悪くなって、軽い暴力を振るうことだ。母の口癖は、

「お父さん、酔っ払わなければ、いい人なのに」

だ。ウソつき。

私達、家族四人は、他人同然だ。父親は父親の仮面を、母親は母親の仮面をつけ、姉は姉の仮面をつけ、家族なのに、本心を見せてはくれない。アル中の父親は、休みの日の家族サービスなど考えもせず、昼からビール片手にテレビに熱中。子どもの頃は、父に相手にしてもらいたくて、よく母に、

「どうしてパパは、遊んでくれないの？」

と聞いていた。母は、

「パパ、毎日お仕事大変だから、休みの日ぐらいいわね」

と、私を宥《なだ》めて事をおさめる。そして、自分は、さっさと、どこかへ出掛けてしまう。そして、かしこい姉も、すぐに友達と外に遊びに出掛ける。バカな私は、いつまでも家で父親の周りをウロチョロする。少しずつ機嫌が悪くなっていく父は、うるさい私を持ち上げ、バカな私は、パパがたかいたかいしてくれている、と勘違いをして喜ぶ。そしてピシャッ。

えっ？　真っ暗。どこ？　庭の物置きに閉じ込められる始末。

いつも怒ってばかりの母親の口からは、ため息と屁理屈《へりくつ》ばかり。いつも家族に無関心で冷たい姉は、自分のことばかりに一生懸命。こんな家族に絆《きずな》など、存在するわけがない。

でも、私達は、普通の家族。

——ウソで塗りかためられた『家族ごっこ』は、もういらない。——

私は、いつも目に見えない不安とばかり闘っている。自分の中で不幸な少女をつくり上げ、何度も自分で自分に同情し、慰《なぐさ》める。母に、疲れた顔でつくり笑いをされるのが、死ぬほど恐くて逃げだした時期もあった。私は、そんなモノを望んではいなかったし、見たくもなかった。でも、誰一人として気が付いてはくれなかった。それどころか、離れていくばかり。悲しかった。

私は、誰も信じない。親も、姉も、友達も、誰も信用しない。どんなに優しくされても、必ず裏がある。本心なんか、誰も見せてくれない。人間とは、そういう生き物。だから、みんなキライ。その笑顔もニセモノ。みんなキライ。大キライ。

おしよせる孤独感。自分で殻に閉じこもっている私に光が届くはずもなく、まだ苦しみは続く。自分がとてつもなく重たい。どこへ行っても、何をしても、不安で仕方ない。誰もいない所へ、誰も私を知らない所へ、逃げたい。でも、それが叶うわけもなく、どこかへ逃げる度胸も私にはない。いっそ、家出の一つでもして、私の心を家族《みんな》に伝えることができたら、少しは楽になれたかもしれない。でも、今をつくっているのも私。過去をつくってきたのも私。情けない私も私。だからキライ。私は私もキライ。みんなキライ。

9

少しむし暑いある日、家に帰ると誰もいなかった。ガランとした家の中は、時計の音だけが響いていた。冷静に最近のことを思い返してみた。毎日がしんどいだけで、何一つ楽しいこともない。もう、やめたいな。鏡台に置いてあるカミソリを手に、フロ場へ向かった。心は、一定の温度を保っている。ふと、顔を上げると、目の前の鏡になんの輝きもない「吉田恵美」がいた。全部がブスだ。身も心も全部。以前に、絵理子よりはマシだと思っていた自分が、恥ずかしくなる。絵理子は、優しくて、大好きなバレーを今でもがんばっていて、とても輝いている。時々見せる笑顔も、とてもかわいい。そんな素敵な子と比べるなんて、どうかしている。もし、私が母子家庭や父子家庭、孤児やいじめなど何か問題があれば、みんな同情してくれるのかもしれない。でも、私には理由がない。外側だけ完璧な家族があって、普通の公立高校に通っていて、とても健康ですごく普通の子で……。私が突然、命を捨てても誰も同情してくれない。可哀想と思ってくれない。それどころか、バカじゃないのと思われるだけ。「弱い子」と、「勝手に死んだ」と思われるだけ。きっと——。毎日が孤独との闘い。誰も私を必要としていない。

今から自分が行う行為は、間違っていると知っている。でも、なんかもう耐えられない。

蛇口をひねって、水を出す。勢いよく流れる水は、何の迷いもなく、底にはねつけられる。

しっかりと、手に黄色いカミソリを握って左手の手首まで運ぶ。太い緑色の血管と紫色の血管が、枝分かれをしている。そこに、冷たい刃をおしつける。でも、おしつけるだけでは皮膚は切れない。引かなければ……。

目指すものも、目標もなにもない。探し物、見つからない。いつ落としたのかも分からない。苦しい、もう、疲れた。もう、いい。弱いと言われるかもしれないけれど、今しか見ていないと言われるかもしれないけれど、もういい。後悔なんてしない。たとえ、生き続けたとしても、一体、未来に何がある。先が見えないようで、すでに決定している道。その道を歩んでどうする。大学を卒業して、就職をして、適当に困難にぶつかる。小さな幸せを見つけて？　それで、めでたく結婚。オメデトウ。しばらくすると、可愛い赤ちゃんが生まれて、新しい家族が誕生。また。また、私みたいな子どもを増やすの？　それは不幸の始まりだ。

手に力が入る。温かいものが、頬を伝う。負けちゃだめだ。私は、決めたんだから。さぁ、もっと力を入れて、引くんだ。さぁ、もっと。細い手首の上で、冷たい刃が小刻みに震える。チクッチクッ。痛みが体中を走る。チクッチクッ。鋭い痛みが、全身をつらぬく。また、温かいものが頬を伝う。一粒、二粒。そして、落ちる。体が固まる。動けない。ポタリッ。また、一粒、落ちる。――刃が離れる。

顔を上げて、もう一度、鏡に映る自分を見た。醜い。目が死んでいるはずなのに、赤い。大声で泣きたくなった。手に自分を傷つけることができる道具を持っていても、私にはできない。かっこうだけ。自分自身の手で、この場面をつくりあげて浸るだけ――。空想の中で生きるだけ。

ワタシ、キモスギル。

茫然とフロ場の天井を見上げた。そこには、小さいシミがあった。手のひら程の濃い茶色の蝶がいる。私も飛べたらいいのに。私をここから、連れ出してくれたらいいのに。どれくらいたったのか分からない。カラッポの私は、ベチャベチャに濡れたくつ下のまで、自分の部屋へ向かった。扉を開ければ、私はこの世界からぬけだせる。でも現実は、机とタンスとベッド――。私の部屋。そのまま、ベッドに転がった。このまま眠ったら、布団が濡れてしまう。後で、お母さんに怒られてしまう――。少しずつ、閉じてゆく瞼《まぶた》。何も感じない。このまま、消えてしまいたい。

10

ミーン、ミーン。

無造作に髪を後ろにひとまとめにしている香が叫ぶ。

「あつーい。死ぬ。あつすぎる。なんで、うちの学校には、クーラーがないの？」

すると、最近二キロのダイエットに成功した絵理子が叫ぶ。

「今日なんて、部活、外の日だよ。最悪。外の日って、やたら走らされるのよ。あ～。もう、暑すぎ」

教科書をうちわがわりにしながら、窓際で叫ぶ二人。元気いっぱいの眩しい太陽と、青い空。梅雨があけ、暑い日が続く。二人の会話も続く。

絵「今日、朝練の時に聞いたんだけど、明日からプールだって」

香「やったー。暑さをしのげる。明日の三時間目、体育だよね」

香「うん。早く入りたいよねー」

絵「あっ、恵美だ」

香「えっ、どこ？」

絵「花壇の所。もうすぐ、ほっら。あっ、フジ棚で見えないや」

香「メールで、今日しんどいから休むって言ってなかった？」

絵「ウン――。来てるね、どうしたんだろ？」

香「さぁー」

絵「私らが恋しくなったとか？」

香「あー。それそれ!!」

あははは――。

職員室で顔と態度、声だけが大きい指導部の神田（先生）に、遅刻届けを提出。

「学校への連絡は？」

「しました」

「誰が？」

「自分で」

「いつ？」

「九時頃」

「遅いじゃないか。規則では、八時半までに連絡のはずだろう」

「――」

「ったく。電話を受けた先生は誰だ？」

「前田先生――です」

「なるべく親に連絡してもらうように。分かったな」

「――」

「なっ。分かってんのか。コラッ」

「あっ。ハイ」

「三年生だから、もっとがんばらないとダメなんだぞ」

「――」

「吉田ぁ。返事ぐらいしろよ」

来るんじゃなかった。そんな、大きな声ださなくても聞こえている。目の前に立っているんだから。うるさいなぁ。うるさい。うるさい。うるさい。うるさい。うるさい。休めばよかった。

「はい。気を付けます」

口を横に引っぱって、少し目を細くして、それで難しいけれど、まじめな顔もして「先生用笑顔、完成」――。

あー、帰りたい。来るんじゃなかった。行く気なんてさらさらなかったけれど、母に反抗することができなかった。反抗するのさえもめんどうくさい。素直に「ハイ。ハイ」言っとけば、すぐに終わるんだから。いつもどおり朝がきて、目を開けた。いつもどおり、だるくて、動きたくなかった。なかなか起きてこない私に、腹を立てた母が部屋に来た。さっそく、

「いいかげんに、起きなさい」

と、怒る。いつもなら、その後に、いろいろとごちゃごちゃ言われるのが嫌だから、素直にすぐ起きるけれど、今日は無理だった。だから、

「なんか、お腹痛くてさ。生理前かなぁ」

とうそをついた。それでもやっぱりいろいろと言われた。いつもより遅めに準備をして、友達には先に学校へ行ってもらうようにメールをした。化粧をするのもめんどくさくてまゆだけ描いて、いつもより三十分以上遅い八時二十分頃に家を出た。もちろん、遅刻だ。いつもなら、満員の電車もスカスカで、座ることができた。そこで、携帯で学校に連絡。先に連絡しておけば、あとから聞かされる先生からの小言が少なくてすむ。

誰かからメールが入っている。香達かな？
『恵美元気？　恵美は今日休み？　昨日のプリクラ用意してあるのにな……。』✉絵理子
7/9　8:20
『今日休み？　風邪？　×○×』✉香　7/9　8:31
ガタンゴトン、揺りかごのように優しく進む電車。このまま電車が止まらなければいいのに。風になりたい。川になりたい。何も考えず流れて行きたい。
何で生きているんだろう。何のために？　未来があるから？　どんな未来がある。先が見えているこの道を、この先も歩んで何がある。なんで、みんなそんなに簡単そうに、毎日を過ごすことができるのか。楽しみがあるから？　だから辛いことも乗り越えることができるのか。楽しみなんて、どこまでが「楽」で、何が楽しみになる。私にはない。ただ、毎日を生きるだけだから。
駅の階段を一段一段上がる。一段、一段、確実に上がる。その度に涙が零《こぼ》れる。勝手に溢《あふ》れる。どうして泣いているのかなんて、知らない。どうして泣いているのかなんて、分

からない。どうして、そんなに疲れているのか。だって……。分からない。どうしてみんな、私を置いていくの？　涙で目の前がぼやける。全部ぐにゃぐにゃしていて、ぐらぐら揺れていて……。これが私の望む世界。

恥ずかしいなぁ。おばあちゃんが、こっちをジロジロ見てる。でもそんなことなんておかまいなしに、目にはたくさんの涙が溢れては零れる。私は、いつまでここにいなくちゃいけないのだろうか。どうしてみんな、そんなに走ってゆくのか。どうして考えなくてはだめなのか。ねぇ誰か教えてください。ねぇ誰か助けてください。ねぇ誰か私を助けて。お願い。お願い。お願いだから――。私、もうダメだよ。自分が重たすぎるよ。心が崩れてしまう。

トイレに駆け込んだ。それまで、何とか保っていた糸がプツリと切れてしまった。こらえていた涙が一度に噴き出す。次々に溢れ出す涙。トイレの中で一人、しゃがみこんで肩を震わす私。とうとう声を上げて泣きだしてしまった。

胃がグッとしめつけられ吐き気がする。でも、こらえても、こらえても、心の中で張りつめていたものと一緒に大粒の涙が飛び出す。もう、やだよ。やだよ。もうやだよ。いや

だよ。感情なんて、もうとうについてきていない。自分自身におし潰されそうになる。頭がぐちゃぐちゃで、自分がなぜここにいるのか、泣いているのかさえも分からなくなる。意味不明。私は「意味不明」。
今いる所は、とても暗くて、しんどくて、抜け道なんて一つもない。一筋の光もない。真っ暗。重い。うめつくされる。いつまでここにいればいいの。
昨日《キノウ》のフロ場での自分のみじめな姿が、頭をかけめぐる。途中でなんで、自分でカミソリを手に、葛藤《カットウ》しているのかさえ分からなくなっていた。手首には、白い皮が少しめくれて、細い線が残っているだけなのに、違う部分には、えぐいぐらいの大きな傷が残っている。ベッドの上で、私は、自分自身を自分で暗い沼につき落とそうとしていることに気が付いた。頭の中では、自分が自分の中にある闇へ闇へとつき進んでいると分かっていても、もう誰にも止めることはできない。私は結局は弱すぎるから、憶病者だから、心の内を誰かに見せる勇気もなければ、死ぬ勇気もない。フロ場での哀れな姿が本当の私。

人は、自己満足のために他人に対しての「優しさ」をもつ。「いい人、優しい人」と思われるために。いい人に、何の価値がある。優しい人に何の意味がある。口先だけの、優しい言葉をかけられるぐらいなら、憎まれ口をたたかれるほうが、そのほうがよっぽど正直でましだ。人間は、自分以外のモノを、仲間と考えず、ただの動具（動くモノ）として扱う。自己満足のためだけに。最低な生き物。

私もその生き物。最低な生き物。もう、いやだ、いやだ。これ以上、考えたくない。

――誰か、私を止めて。お願い。血の味がするカラカラの喉に、真っ赤にはれあがった目。私はどこへ行けばいいのですか――。

あの時、私は祈っていた。ずっと祈っていた。何本の電車が、私を置いていっても、ひたすら祈っていた。願っていた。私は、止まったままで、動けないから、進めないから、どこへも行けないから。叫んでいた。声が嗄《か》れて、潰れてしまっても、叫び続けていた。それでも、叫びは届かないから、誰にも届かないから。だから、まだまだ足りないんだと思って、もっともっと力いっぱい叫び続けていた。喉が潰れて、一生声が出なくてもよかった。誰かに届くなら、それでよかった。

11

次の日、学校に行くと担任に呼び出された。

「吉田ぁ。何で昨日、勝手に帰ったんだ？　心配したぞ。家に電話しても、誰も出ないし」

今、目の前にいるのは学校の先生。担任の先生。だから今の私は、「先生用の私」。

「すいません。昨日、指導部の神田先生に遅刻届けは提出したんです。でもやっぱり、どうしてもお腹が痛くて。職員室を出てから保健室に行ったんですが、保健の先生がいらっしゃらなくて（ウソ）――。なんか、たぶん生理痛だったと思うんですけど、頭が真っ白になって意識モウロウとしてきたんです。少し待ったんですけど、保健の先生もどってこなくて……。もう一度、職員室にもどって、他の先生に伝えなければいけないと思ったんですけど、とりあえず、もう、冷や汗が出てきて……。そのまま帰って寝てしまいました。

親は、今朝から私が腹痛ということを知っていたので、ちゃんと連絡して学校を休んでるものだと思って、改めて学校に連絡しなかったようです。ご迷惑かけてすみませんでした」

ちょっと無理があるけれど、だいたいの人は、一気に長い文で話すと、少しぐらいつじつまが合わなくても、納得してくれるものだ。さて、今回はどうだろう。

「そうかー」

大成功か？

「でもなぁ。もう高校三年生なんだから、責任をもって行動しないとダメだぞ。本当だったら、無断帰宅すると停学になるんだから」

うそっ。厳しーい。

「でも今回のことは、先生のところで止めておくから。もう絶対こんなことしないように」

ラッキー。やるじゃん、先生。

「それと、昨日は欠席扱いになるから。今は受験とかでしんどいと思うけれど、がんばれよ。なっ。吉田。そんなにアセラなくても大丈夫だから」

哀れみの笑顔をどうも。この先生、一人で勘違いをしている。けれど、こっちにとっては好都合。口を横に引っぱって、目を細くして、少し難しいけれどまじめな顔をしつつ「先生用笑顔完成」。いつもより半音ほど高い声で、いかにも、先生のお話に納得&感動っていう感じで、

「はい。ありがとうございます」

担任の安堵《あんど》の表情。どうやら大成功らしい。

「吉田、もういいぞ。教室にもどって、佐々木に、今日はおまえが日番だって伝えてくれ。きっと忘れていると思うから。チャイムが鳴るまでに、日誌取りに来なさいってことも伝えておいてくれ」

「はーい。よかったら、日誌ぐらい私が、教室まで持っていきましょうか?」

「ありがとう。うーん。でも、佐々木、この前も日番忘れていたからなぁ。いいや。佐々木に、自分で取りに来るように伝えてくれ」

「はーい。失礼しました」

ガラガラ、ピシャ。

「吉田ですか?」

と、低い声。

「あっ、ハイ」

私の担任に話しかけたのは、指導部の神田の次に嫌われている学年主任。

「昨日のね」

「ハイ。すみませんでした。私の監督不足で」

「んー。まぁ、吉田の家庭は何か問題でも?」

「えっ、いいえ、特に。普通のご家庭です。お母さんも、普通の主婦で、お父さんも普通のサラリーマンで。上にお姉さんがいたと思います。学生さんでした。確か」

腰の低い担任に、えらそうな学年主任。

「じゃあ、問題ないね」

「ハイ。大丈夫です。吉田本人も、学力的にも平均点は取っている子ですし。ただちょっと今回は、進路について悩んでいたのかもしれません。クラスでも、目立ちすぎず、目立たなすぎずですし。もともといい子ですし」

「そうか。じゃあ、大丈夫だね」

念をおす学年主任に、自信満々に答える担任。

「はい」


昨日、一昨日の私は、変だった。普通じゃなかった。学校から抜け出したり、フロ場や駅のトイレで大泣きしてみたり……普通じゃなかった。あんなの私じゃない。あんな弱い姿、私なんかではない。私であるはずがない。私の記憶から跡形もなく消してしまおう。

教室に入ると、半ギレの香が、

「何でメール返してくれなかったの?」

と怒っている。はぁー!?　メール。……そういえば昨日の晩、何件かメール入ってたな。見るの忘れてた。やばいなぁ。どうしよう。

「昨日、一回学校来てすぐ帰ったでしょ。心配してメール入れたのにぃ」

いやぁ、勝手に心配されてキレられてもなぁ。

「調子悪くてすぐ帰って、家に帰ってすぐに寝ちゃった。ゴメン」

「まあまあ。香、もういいでしょ。恵美だって、昨日しんどかったんだし。仕方ないよ。ねっ香」

ブラボー!!　絵理子ちゃん。あんたは、本当に優しい子だねぇ（ちょっとちびまる子ちゃん風）。

「別に怒ってるわけじゃないの!!」

どう見ても怒ってたけど……。まぁいいや。

「心配してくれて、アリガト。香、絵理子っ」

「もう、大丈夫なの？」

「うん。ばりばり元気」

「そっか」

本当に、友達っていうモノ、もう、うざくて、めんどうくさい。

こうしたなかでも、サラサラで奇麗な水が、勝手に黒くてドロドロした汚ない水に変わろうとしていた。

そして私の心は、徐々に徐々に、唯一、残された温かい部分さえも、消えてなくなろうとしていた。

12

私の学校には、二十五歳（独身）（女）（体型）……少しばかり（？）小太りのスクールカウンセラーの竹ちゃんがいる。勉強をおしつける先生とは全然違うので、けっこうみんなの人気者だ。なかには、本気で悩みを打ち明ける子もいるらしい。あたり前といえば、あたり前なのだが……。私は、つい最近までは人間的に竹ちゃんが好きだった。おもしろいし、先生の裏ネタなどをおかしく話してくれるし、なんか、私達の味方って思っていたから。

昼休みに、香、絵理子、私の三人で竹ちゃんのところに遊びに行くことになった。竹ちゃんは、お弁当を食べているところだったけれど、ずうずうしく部屋に入った。

「んーもう。せっかく、お弁当食べてるのにーぃ」

「あはははー。ゴメン、ゴメン」

と香。次に私、

「竹ちゃん、最近どう？　彼氏できた？」

「あんた達はどうなのよ。絵理子ちゃんは、順調なの？」

絵理子には、もうすぐ付き合って二年になる優男《やさおとこ》の彼氏がいる。

「うん♡　大丈夫だよ。竹ちゃんは？」

「絵理子ちゃんまでー。この二人（私と香╬）の毒牙にやられちゃったのぉ」

「ちょっと、どういう意味よ。竹ちゃん╬」

半笑いの香と私。

「ねぇねぇ、A組の、えっと、なんだっけ、けっこういけてる、沢口さん!!　できちゃった婚って本当なの？」

「コラッ。香ちゃん。あんまり、そういう事を大きな声で言っちゃダメよ」

不満そうな香は、

「えー、どおして。HAPPYなことなのに」

「そりゃあ、赤ちゃんができることは素敵なことよ。でも、沢口さん本人は、すごく悩んで、悩んで選択したことなの。きっと、まだ学校続けたかっただろうし」

「そっかー。うちら、あと半年ぐらいで卒業だもんねー」

「赤ちゃんできて、学校も行きたかったら、堕ろすしかないもんね。退学か堕ろすか——。それしかないもんね」

ハッ。ヤバイ。暗い空気が漂ってる……。

「気を付けなよぉ。絵理子ぉ」

「なっ何言ってんのよ。恵美ぃ」

「まぁ、気を付けなさいよ。絵理子ちゃん（笑）」

「竹ちゃんまで!!　もう」

「日本の学校では、難しいものねぇ。赤ちゃんを育てながら、学校を続けることは……」

興味津津の香は、

「えっ、ＯＫな国もあるの？」

「アメリカにあるって聞いたことがあるわ。校内に、ベビールームもあるそうよ」

「マジでー」

驚く三人。

「でもね、いいことなのかどうかはちょっと複雑よね。学生は、やっぱり学生という身分なんだし」

そうなのだろうか。もしそういう制度があれば沢口さんは、学校を辞めずにすんだはずなのに。

少しばかり、まじめな話をしたり、先生の噂話に花が咲いたりと、今日の昼休みはなかなか楽しかった。

13

無断帰宅をしてからの担任の接し方が、かなりうっとうしくなってきた。目が合うたびに、変な笑顔で、

「吉田、がんばってるか?」

何をがんばるんだろう。意味分からんと思いながらも、目を付けられた以上変な態度をとると、よけいにうっとうしくなるので、

「はい」

と笑顔で適当に答えておく。完璧と思っていた私だが、さすがに先生達。たかが、一回無

断帰宅しただけの私を見逃さなかった。

いくらどの授業に対してもやる気のない私でも、今まではそこそこに授業を受けていた。なかには、受けているフリをしている授業も大アリだが……。気が付かなかったわけではないが、確かにここ最近の私の授業の受け方はヘタクソだった。この時期だけに、受けているフリをするのもとても大切だ。常に机の上に、大きめのタオルを枕代わりに置いて、体を倒しダラーッとしていた。寝るわけでもなく、ただ横を向いてボーッとしているのだ。この時の私は、完全に無気力だった。前を向いて緑色の黒板を見るのもめんどうくさかったし、先生の話を聞くのもいやだった。いちいち、宿題を写させてもらうのもめんどうだったから、授業の点数は下がるばかり。そして、寝るわけではなく、ただ寝そべって横を向いて、ボーッとする。これが、よけいにいけなかったのだろう。

全教科に対してその態度だった私に、ほうっておく先生もいれば、いちいち担任に報告するウザッタイ先生もいる。そのウザッタイ先生が、この前、香の携帯を取り上げた現代社会の前田（先生）だ。

さっそく、熱血、前田（先生）は担任に告げ口をした。最近の吉田さんの態度がおかしいとでも言ったのだろう。迷惑な話だ。そこで担任はピーンときたのか、放課後に会議室にくるようにと私を呼び出した。ちょうどその日は、帰りに本屋とCD屋に寄ると決めていたので、何度もすっぽかしてやろうと思ったが、やめておいた。なぜ自分が呼び出しをくらうのかは、だいたい見当がついていたし、あの先生のことだ、ハイ、ハイと言っておけば、十五分ほどで終わるだろう。後々、なぜまた、勝手に帰ったんだと注意されてもめんどうだし。

会議室に入ると、イスに座るように勧められた。私をリラックスさせたいのか、おもしろくない先生の話をして先生は一人で笑っていた。

しばらくすると、誰かが入ってきた。後ろを振り返ると、竹ちゃんの姿があった。正直、ここまでやられるとは思っていなかったから少し焦った。

竹ちゃんは担任の隣に座り、静かな放課後の会議室で二対一の闘いが始まった。担任は、主に最近の成績のこと、授業態度のこと、進路について語っていた。その間、竹ちゃんはずっと黙ったままで、じっと私を見ていたので、少し恐く感じた。担任は、特にまだ決まっていない進路について、つっこんでくるので、その場のノリで短大に行くと言った。すると、水を得た魚のように、担任の顔はパッと輝いた。どこの短大かと聞いてきたので二つほど名前をあげた。ウン、ウンと納得してうなずく担任は、「そこなら推薦で充分、行けるぞ」と言ってみたり、「よくがんばって考えたな」、と必要以上に褒めてみたりとまぬけな姿を披露した。実はとても心配していてくれたんだと分かり、少し反省した。三年生の担任は四十人分の進路を一気に背中に背負うのだから、精神的にも体力的にもしんどいだろう。

私が、思っていた十五分はとっくに過ぎていたが、時計の針が四時半を指した時、「もう、いいぞ」と担任に言われた。約三十分の闘いだったが、その間《かん》竹ちゃんは一度も口を開こうとしなかった。なんで竹ちゃんはこの場に参加したのか不思議に思った。

会議室を出て帰宅しようとすると、後ろから竹ちゃんが追いかけてきた。

「恵美ちゃん、ちょっと待って」

竹ちゃんの豊満な胸が揺れる。なんて、うらやましい……。化学薬品の臭いが漂よう廊下で、私と竹ちゃんは向かい合った。

「竹ちゃん、何?」

「恵美ちゃん、最近、調子どう?」

「えっ? 普通だよ。一体、どうしたの?」

「何か最近、疑問に感じることはある?」

「──あるよ」

心配そうに、私を見つめる竹ちゃん。

「何かな。よかったら教えてほしいな」

一瞬の沈黙。

「竹ちゃん」

「なに」

今まで見たことのない、まじめな顔の竹ちゃん。

「なんでそんなに、胸でかいの?」

竹ちゃんの顔が瞬間湯沸かし器に変わる。今にも、頭から湯気が上りそうだ。

「恵美ちゃん。もう」

これで終わるはずだった。竹ちゃんさえ、いらない事をしなければ……。

14

しばらくは普通の日々が続いた。精神的におかしくなることもなく、何も考えず、ただ毎日を過ごしていた。

セミがたくさんの和音を作りだし、みんなの真っ白なカッターシャツが、夏風をいっぱいにあびながら、ヒラヒラと揺れている。それは、元気いっぱいに大地を照らす太陽が反射し、眩しいくらいに輝いていた。

期末テストが終わり、あと一週間程で夏休みを迎えようとしていた時、絵理子から変なメールが届いた。
『恵美、元気？　最近あんまり元気ないけど大丈夫？恵美は、あんまり自分のことを話してくれないから、ちょっとサビシイぞ』✉絵理子　7/23　11:15
突然のメールで驚いたが、絵理子は必要以上におせっかいな時がある。それでも、こんなメールを送ってくるのは、不自然すぎる。
七月上旬の私は、確かにはたから見れば、意識がぬけていた。大丈夫かと声をかけられてもおかしくない態度だったかもしれない。でも、今の私は何も考えないようにはしているが、普通のはずだ。ただの絵理子の気まぐれか？
『すごい元気♡　もしかして最近の私、暗め!?　やばい？　夏バテかな～☀』✉恵美
7/23　11:17
いちおう、メールを返しておいた。
次の授業の時間、まじめに黒板に書いてあることをノートに写していると、またポケッ

トの中で携帯が鳴った。いくらバイブにしているとはいえ、授業中に突然、携帯が鳴るのは心臓に悪い。机で隠しながら受信メールを見ると、次は香からメールが入っていた。
『恵美、最近なんかあった?』✉香　7/23　11:50
おかしい。おかしすぎる。同じ日に二人から同じような内容のメールが入るなんて不自然だ。しかも突然。ちょっとムカツクかも。
『なんか絵理子からも、同じようなメールきた。私、何かした?』✉恵美　7/23　11:51
すぐにメールを返した。すると、ポケットの中にしまう前にまたメールがきた。
『まじで?　絵理子からも?　偶然💧　前に、二人で最近、恵美元気ないねとは話したけど……。』✉香　7/23　11:52
偶然?　うそっぽい。絵理子ならともかく、香がわざわざこんなメールを送ってくるような性格か?　まぁ、すごく不自然だけど、ほうっておこう。他人と深く関わるのは、うざいし後々めんどうになってくる。
でも、私の気持ちとは裏腹に、二人の目は必要以上に私を追いかけ回してきた。一日や二日なら我慢できる私でも、三日めにもなると、爆発しそうになる。そこで、二人に同じメールを送った。
『最近二人の態度、気になる。追いかけまわされているみたいで、けっこう気分悪いかも……。』✉恵美　7/25　10:15　✉恵美　7/25　10:16
きつめのメールを送ったので、香なら逆ギレするだろう。でも、もうすぐ夏休みに入るし、当分、会わなくてすむからいいや、と思い切って送った。案の定、絵理子からはメールが返ってきたけれど、香からは返ってこなかった。
『ゴメン(;_;)この前、竹ちゃんに恵美の様子がちょっと気になるって(*_*)何か悩み事とかあるかもしれないから、聞いてみてって頼まれた↓それで香にも相談した。恵美が心配になってきて……。ゴメンネ(;_;)』✉絵理子　7/25　10:25
なるほど。犯人は竹ちゃんか。それでも、学校では一番近くにいるはずの二人が、私よりも、竹ちゃんなんかを信じたことに腹が立つ。まぁ所詮、人間なんてそんなものか。最近になって、やっと治まってきたモノが、また蘇《よみがえ》ってきた。

それから、三人の関係は微妙になってきた。明らかに怒っている香に、不機嫌な私、オロオロする絵理子。外から見れば、いつもどおり三人で一緒にいるので普通なのだが、内は険悪なムードが漂い続けていた。

香からしてみれば、せっかく心配してあげたのに、逆ギレするなんてムカつく、謝るまで許してあげないから、というところだろう。絵理子は絵理子で、二人とも早く仲直りしてほしい、私のせいでこんなことに……、とでも思っているのだろう。私は、二人に腹を立てていたけれど、一番ムカついているのは、今回の原因である竹ちゃんだ。竹ちゃんさえいらない事をしなければ、無事に夏休みを迎えることができたのに。

15

不機嫌な私に追いうちをかけるように久しぶりに大雨が降り、校内は湿気でベタベタしていた。私のイライラ度は最高潮に達している。そして、さらにイライラするモノが目の前にあった。私の目に、絵理子の動揺した顔が鮮明に映る。そして、やけに落ち着いている竹ちゃんの姿が映る。鉢合わせするとは、こういうことを言うのだろう。あたふたとしている絵理子は、なんとか弁解しなければと一人で焦っている。それに比べ、年の功というやつか、竹ちゃんは動揺のかけらすら見せずに、こっちをジッと見てくる。これで二回目だ。竹ちゃんにこんなふうに見られるのは……。二人に話すこともない私は、何か言いたそうな絵理子を無視して、さっさとその場を去った。

人間を信用なんかしないと決めた私だが、三人の不可解な行動には、何だか悔しさを感じた。

この頃から、タバコに手を出す回数が急激に増えた。忘れようと、何も考えまいと努力する私を尻目に、勝手に動き出した裏切り者達。ほうっておけばいいのに、わざわざ関わってくるなんて、あとで痛い目を見るんだから、とイライラがつのる一方の私は、またタバコに火をつける。タバコなんて臭いし、お金がかかるし、健康にも悪い。でも、少しでも私の心を落ち着かせてくれるなら、タバコだって、何だってよかった。あとで私を追いつめる要素の一つになったとしても……。

夏休みまであと三日となった日も、私達三人と一人の冷戦は治まることを知らず、引き続き進行していった。あと三日のがまんで解放されることを信じて、残りわずかな日々を静かに暮らした。本当に静かに暮らしていた。でも、いじわるな神様はまだまだ私の尻を押し続けるつもりでいるらしい。

16

やっとのことで迎えた終業式は、数日降り続いた雨もやみ、晴天にめぐまれた。空高く、優雅に泳ぐ雲は、暑苦しいなか、毎度、同じことばかり語る校長を一生懸命に睨《にら》んでいる、私達のことなんて眼中にないようだ。元気すぎる太陽に負けて、数人の生徒が倒れた。待ちかまえていたように、俊敏《しゅんびん》に反応する先生達が保健室へ運び、意気揚揚と帰ってきてました私達を見張る。毎回のように倒れる子が必ずいるのだから、室内で式をすればいいのに。先生達はよく私達に学習能力がないとほざくけれど、どっこい、どっこいだと思うのは、私だけだろうか。

無事、終業式が終わり帰宅しようとすると、指導部部長の神田（先生）に呼び止められ、わけも分からず、腕を掴《つか》まれ、指導室に連れて行かれた。指導部のドアが開いた瞬間、今までにないぐらいに、瞳孔が開いた。目の前には神田をはじめ、指導部の下っぱの奴ら、学年主任、担任、そして竹ちゃんが、私一人を待ちかまえていたのだ。目を見開いて驚いている私に、悲しそうな顔をした担任が、そこに座るように指示をする。この状況では、どうにもこうにも、素直に従うしかないようだ。椅子に座るまでの数秒間に、いろいろなことが頭を駆け巡った。私は、何をしたんだろう。万引きなんかしてないし。また、竹ちゃんが仕組んだのか？　それにしては、人数が多すぎる。なんなんだ、一体。椅子に腰をかけると、すぐ担任の口が動いた。

「吉田、タバコ――」

タバコね。タバコ……。――やられた。しくじった。次は、タバコという文字が頭を駆け巡った。タバコは親呼び出しと決まっている。やばい。やばすぎる。でも、ちょっと待て。冷静になれ。私が、吸っていたという証拠はどこにあるんだ。まだしらばっくれる道が残っているかもしれない――。私の頭は、入試やテストの時とは比べものにならないくらい、フル回転していた。でもすぐに、何の証拠もないのに、これだけの数の先生が、私を迎えるかという答えに行きついた。

明日から夏休みだというのに、気分はどん底だ。教科書どおりの説教のあと、反省文を書かされた。先生が好きそうな言葉をたくさん使い、すばらしい反省文が完成した。一時間半ほどして、やっとのことで帰宅を許されたが、最後に神田に、

「明日は校長先生がいらっしゃらないから、明後日《あさって》の二時に、お母さんと校長室に来るように」

と楽しそうに言われた。まるで勝ち誇ったかのような表情に、寒気がした。

家に帰って、母親に報告しなければいけない。タバコが大嫌いな母は、たまに家で父がタバコを吸うだけでブチブチと文句を言いながら、外に追い出すか換気扇をフル回転させるのだ。そんな母に、今回のことをどうやって説明すればいいのか。しかも、急な呼び出し付き。事を小さく収めようと、私の頭の中の細胞達は大忙しだ。

悩んだかいがあったのか、なかったのか、母の顔は赤鬼以上のどえらい顔に変貌《へんぼう》した。想像以上の反応にビビリはしたけれど、未だかつて見たことのない母の顔のほうが勝り、こらえても、こらえても勝手にゆるむ口もとと格闘していた。甲高い怒鳴り声が続くなか、吹き出しそうになる自分を、つくづく親不孝な娘だと感心さえした。

しばらくすると、呆れた表情の母が、

「もう、いいわ」

と一言だけ、ボソッとこぼしてから、黙り込んでしまった。背筋に、冷たいモノが走る。今まで、大声で怒られるというのは、幾度《いくど》となく経験したことがあるが、今回の反応は経験したことがない。正直言って、とても戸惑った。どうしていいか分からず、動揺の隠せない目だけはグルグルと動き回り、しばらくして、一時停止した。そして、目の前に座るブリキのおもちゃのように動かない母が、母親ではなく初めて一人の人間に見えた。

部屋に戻っても、体の中のどこかに、ポッカリと穴が開いたような感覚に陥り、さっきの母の姿が頭から離れなかった。

机の上に置いてある携帯電話が鳴り出した。こんな時間に誰だろうと思いながら携帯を手に取ると、高校二年生の時に仲の良かった友達からだった。同じ学校なのに、クラスが別々になっただけで、最近はほとんど話していない。通話ボタンを押し、久しぶりに話していると、すぐに、

「あんた、今日、神田に引っぱられてたでしょ。何しでかしたの」

という話題に変わった。正直に、タバコがばれてしめられた、と言うと電話の向こうで笑い声が聞こえた。そして、笑いながら、

「まぁじでー。あんた超ダサイね。なんで、ばれるの。すごい、確率だよねー。もっとうまくやればいいのに。ばかだね。あれって親も呼び出しでしょ。ダッサー」

言いたい放題だ。そして、用の済んだ友達は、さっさと電話を切ってしまった。……友達だったんだろうか、この子と——。

大人も子どもも、みんなうまくやっている。どんな悪い事でも、うまくやっている。ようするに、ばれなきゃいいんだ。今の社会は、ばれない人のほうがかしこくて、えらいんだ。私って、本当にバカだなぁ。あいつの言うとおりだ。正直になったほうがバカなんだ。現に、ほとんどの子がタバコなんて普通に吸っている。それなのに、私だけバレた。本当に、あいつの言うとおりバカだね。徐々にこみ上げてくるものを感じ、大笑いした。あはは、ようするにばれなきゃ、何をやってもいいんだ。正直者は、バカをみる。真実だ。

本当はこの時、タバコなんて、ばれてもばれなくても、どっちでもよかった。ただ、久しぶりに電話してくれた友達の態度に、母の姿に、少し傷ついたのかもしれない。だから、何かをごまかすために、大笑いしたんだと思う。でも、この想いは、自分の傷ついた姿など見たくないという、私の弱い心のせいで頭の片隅にあるタンスにしまわれてしまった。

そして、私は父に殴られた。

「ばれなきゃいいんでしょ」

と叫んでしまったから。殴られて当然かもしれない。また私の中にあるドロドロの黒い水が、奥へ、より奥へと流れ始めた。

夏休みに入り、母に「こんなこと、お姉ちゃんは絶対なかったのに」と、同じ事を何回も聞かされながら学校へ行った。夏休みなのに、バーコード頭の校長や神田に会わなければいけないのは、どんな夏の課題より苦痛だ。

一体、何の自信があって、そんなにえらそうにするのか、とても理解ができない二人に、頭を下げる母の姿。なんの権利があって、この人達は母にここまでさせるのだろう。責めるなら、私だけを責め崩せばいいのに。

数時間にわたる二人の話を聞いていると、これがこの学校で、上の位の人達なのかと驚いた。私達は完璧な存在だから、少しは見習いなさい。この子どもの親なのだから、その親にも説教を――、本当に最近の親はしつけがなっていない。二人の口から、次々と流れだす、自信満々で的はずれな言葉の数々。ぜんぜん違う。何も分かっていない。育て方とか、親の在り方とか、そんなことはぜんぜん関係ない。そんな事で、感情からくる行動で、赤いランプを付けない。

この人達は、毎日、毎日、何百人という生徒を見て、何をしているんだろう。本当に何も分かっていない。自分の考え方ばかり押しつけて、私達からは、何一つ学ぼうとしない、何も見ようとしないからだ。何のために、無数に広がる道の中から、教師という道を選び、どういう気持ちで目指したのか。実は、公務員で安定しているからという理由で、選んだ人のほうが多いのではないのだろうかとさえ思えてくる。校長と神田を通して、大人の哀れな姿に失望した。

「一人の生徒が事件を起こせば、何もしていないがんばっている生徒までが悪く見られるんだ。だから、制服の着用の仕方一つで、学校の品位が疑われるんだ」と言う教師がいる。その言葉をそのまま返そう。私の目の前に座る二人のために、私は全ての教師に心から失望している。

膝の上で震える握り拳。家に帰り、手のひらを見てみると、四つの爪の跡がくっきり赤く残っていた。お風呂に入った時にもう一度見てみると、赤い小さなまめができていた。

帰り道に母がぼやいた。

「失礼な人」

と――。

教師 ＝《イコール》 大人、私は大人になんかなりたくない。

そして、今までで一番長い夏休みが、幕を開ける。

17

日に日に暑さとセミの声が増すなか、ある人から電話があった。

「もしもし、恵美ちゃん？」

なんで、こういう時に限って、家に誰もいず、私が電話に出るハメになるんだろう。

「もしもし?」

聞きたくない声が、耳に入る。

「恵美は、いません」

ガチャン。居留守を使って切ってやった。ふん、いい気味。

次の日もかかってきた。そして、次の日もかかってきた。キレそうな私は、

「一体、何の用ですか?」

と叫んだ。すると、

「今度、家に遊びにこない?」

と言うのだ。誰が、あんたの家になんかと思い、

「いやです」

と、答えると、一枚上手《うわて》のこの人は、

「じゃあ、私が恵美ちゃん家にお邪魔するわ」

と言うのだ。受話器を持つ手が震えた。冗談ではない。大迷惑だ。でも、この人なら来るかもしれない……。観念した私は、住所を聞き訪れることにした。

憧れの一人暮らしに、真っ白で清潔感あふれるカーテンと壁。かわいく飾られたコーヒーカップに、赤色のギンガムチェックのテーブルクロス。どれもこれも、この人には似合わないものばかりだ。一体、何の用か知らないが、つい先日《せんじつ》、この人のせいで崩れた私たち三人の文句は、きっちりと言わせてもらうつもりだった。

お茶とフルーツケーキを勧められ、遠慮なく頂いていると、この前の校長室呼び出しは、どうだったかと聞かれた。

「別に普通」

と答えると、次は、

「普通って、どんなのが普通なの？」

バカにされているのかと思い、ムッとした。黙る私に、

「もう高三でしょ。もっと、きちんと喋りなさい」

はぁっ？　フザケルナヨ、という感じだった。自分で呼び出しといて、次は説教か？

「別に、竹ちゃんに話すことは、何も……」

アッ、そうだ。

「この前、絵理子に変なこと言ったでしょ。そのせいで絵理子、一人で勘違いして、心配して、香にまで相談して大変だったんだから。まだ、仲直りできてないし。竹ちゃんのせいなんだからね」

言ってやったという達成感で、私は得意げな気分になった。

「そう。でも、恵美ちゃん。香ちゃんや絵理子ちゃんのこと、好きじゃないでしょ」

見透かされていると思って、正直、焦った。

「なんで、そんなこと言うの？」

「好きじゃないでしょ」

初めて見る恐い竹ちゃん。

「なんで、そんなこと言うの？　竹ちゃんに、関係ないでしょ」

郵便はがき

恐縮ですが
切手を貼っ
てお出しく
ださい

160-0022

東京都新宿区
新宿1－10－1

（株）文芸社

ご愛読者カード係行

書　名			
お買上 書店名	都道府県　　市区郡　　書店		
ふりがな お名前		明治 大正 昭和　　年生　　歳	
ふりがな ご住所	□□□-□□□□	性別 男・女	
お電話 番　号	（書籍ご注文の際に必要です）	ご職業	

お買い求めの動機

1．書店店頭で見て　2．小社の目録を見て　3．人にすすめられて
4．新聞広告、雑誌記事、書評を見て（新聞、雑誌名　　　　　　）

上の質問に1.と答えられた方の直接的な動機

1.タイトル　2.著者　3.目次　4.カバーデザイン　5.帯　6.その他（　　　）

ご購読新聞　　　　新聞	ご購読雑誌

文芸社の本をお買い求めいただき誠にありがとうございます。
この愛読者カードは今後の小社出版の企画およびイベント等の資料として役立たせていただきます。

本書についてのご意見、ご感想をお聞かせください。

①　内容について

②　カバー、タイトルについて

今後、とりあげてほしいテーマを掲げてください。

最近読んでおもしろかった本と、その理由をお聞かせください。

ご自分の研究成果やお考えを出版してみたいというお気持ちはありますか。

ある　　ない　　内容・テーマ（　　　　　　　　　　）

「ある」場合、小社から出版のご案内を希望されますか。

する　　しない

ご協力ありがとうございました。

〈ブックサービスのご案内〉

小社では、書籍の直接販売を料金着払いの宅急便サービスにて承っております。ご購入希望がございましたら下の欄に書名と冊数をお書きの上ご返送ください。（送料１回380円）

ご注文書名	冊数	ご注文書名	冊数
	冊		冊
	冊		冊

何一つ、表情の変わらない竹ちゃん。

「そうね。でも、私のせいでけんかしてしまったんでしょ。本当は嫌いなんでしょ」

何を言っているのだろうか、この人は。困惑し、何も言い返せなくなる私。

「何も話せないの？　分かった。ねっ、やっぱり嫌いなんでしょ。あたりね」

「嫌いなんかじゃない」

叫ぶ私。本当は嫌いだけど、嫌いじゃない。違う。あの子達は、ただの学校での動具にすぎない。

「本当に？」

誰なの、この人。関係ないのに、土足でズカズカと私の中へ入ってくる。頭、おかしい。いかれてる。

「恵美ちゃん、可哀想」

えっ？　何が？

「絵理子ちゃんも香ちゃんも、あなたのこと嫌いなんだって」

別にいい。別にどうだっていい。あの子達に嫌われようが、どうだっていい。チクンッ、チクンッ。細い針が、一本、二本、心臓につき刺さる。

「うそだと思う？　本当よ」

竹ちゃんの唇が動く。でも、目が、目が笑っていない。また、先のとがった針が刺さる。イタイ。

「だったら、どうだっていうの。何がおかしいの？」

必死に食い下がる私。

「別に。ただ、恵美ちゃん、知らないようだから、教えてあげようと思って。あまりにも哀れだから」

哀れ？　私が哀れ？　なんで？

「また、黙る」

完全に竹ちゃんのペースにのせられてしまう。何か話さないと。でもセリフが浮かばない。でも、何か喋らないと。

「そんなにショック？　恵美ちゃんは、二人のこと好きだものね」

この人が、本当に悪魔に見えてきた。

「可哀想。恵美ちゃんは、二人のこと友達って思ってるのにね」

「別に好きじゃない」

「えっ？」

聞こえているくせに、わざとらしい。

「別に好きじゃないって、言ってるの」

また、竹ちゃんがクックッと、笑う。

「じゃあ、うそついたんだ」

ムカッ。

「別についてない。さっきは、嫌いじゃないって言っただけだもん」

子どものけんかだ。らちがあかない。それでも余裕の表情を浮かべ、微笑する竹ちゃん。

「じゃあ、嫌いなんだ」

もし、ここで私が嫌いって言ったら、またうそつきって言われそう。どうすれば……あっ。

「違う。普通」

竹ちゃんが、大きく笑う。

「恵美ちゃん、普通って好きだね。もう一度同じ質問するね。普通って何？」

意地悪だ。竹ちゃんがこんな人だなんて思わなかった。性格の悪そうな笑顔に、笑わない目。本当に、何のつもりなんだろう。恐い。

「一体、何のつもり？」

また、竹ちゃんが大きく笑う。

「質問と答えが合ってないよ、恵美ちゃん」

「一体、何なのよ。いじめでもしたいの？」

大声で叫ぶ私。完全に、竹ちゃんのペースだ。そして、また竹ちゃんが嫌みに笑う。

「いじめ？　そんな子供《ガキ》っぽいこと。それより、やっぱり恵美ちゃんて被害者意識、強いほうだよね」

やっぱり？　被害者意識？　頭は、パニック状態に陥る。頭の中は、ぐちゃぐちゃにいろいろなことが混ざり合って、今にもふっ飛びそうだ。

そんな中、ついにがまんできず大声で叫んだ言葉は、

「帰るっ」

だった。また次のヘリクツを言われる前に帰ろうと思った、その瞬間、

「ごめん、ごめん、恵美ちゃん。冗談だよ。冗談」

と、大笑いしているいつもの竹ちゃんがそこにいた。えっ。冗談？　冗談なんだ。なんだ、良かっ――ブチッ。手が勝手に、カップを持って竹ちゃんに紅茶をぶっかけていた。多分、今まで生きていてこれほどまでに、マジギレしたことはないだろう。

「ふざけるな。冗談？　こんな冗談があってたまるか。この悪魔、変人、カス、それでも人間か」

ビショぬれの顔でうれしそうにうなずく竹ちゃん。

「人を怒らせて、そんなに楽しい？」

まだうれしそうな竹ちゃんは、

「恵美ちゃんの本音、初めて聞けた」

やっぱりこの人、頭おかしい。

「だって、恵美ちゃん、本音で話してくれないもの。いつも適当にうなずいてるし。絵理子ちゃんも、あっ、二人があなたのこと嫌いって言うのはうそよ」

なぜかホッとする自分。

「絵理子ちゃんも、あなたが自分のことや悩み事をひとつも話してくれないって心配してたわよ」

どうでもいいけど、すごい迷惑。呼び出された上、わけのわからない冗談に本気で付き合わされて……。呆れる。

「良かったね、竹ちゃん。私の本音が聞けて」

「ほらーまた、そんな言い方する」

ちょっと待てよ。あんなことされて、怒らない奴なんていないない。

「私ね、この前、駅で泣いてる恵美ちゃんを見かけたの」

いっぺんに、ここ最近の竹ちゃんの行動が一本に繋《つな》がった。

「見間違いじゃないの」

冷静に答える私。竹ちゃんの顔が険しくなる。

「恵美ちゃん。まじめに聞いて」

ドキッとした。今日の竹ちゃんは、いろいろな顔を見せる。

「あの時は、失恋したのよ」

大ウソをついてやった。消したはずの感情が、どんどん蘇ってくる。さっき、竹ちゃんのせいでブチギレしたせいか、感情が高ぶっている。フロ場でのみじめな姿、駅のトイレで泣き崩れる姿、どんどん鮮明に蘇ってくる。

「本当に？」

あー、うっとうしい。

「本当だよ。何でウソつく必要があるの」

たんたんと答えてやった。

あれだけ好き放題ほざいて、まだ足りないのか。

「でもー」

刃物は、引かなきゃ切れないよ。手首にたくさん枝分かれしている血管をプツリッて、切ってあげなきゃ。未来に希望なんてないんだから。もう生きていたくないんだから――。

一度フタのゆるんだ瓶から次々と溢れ出ていく。そして、映画のスクリーンのように、大きな画面が私の頭から足のつま先まで全部にぶつかってくる。自分の内から広がる怪物にのみこまれ、もう立っていられなくなりそうだ。

「私、恵美ちゃんの力になりたいの」

「迷惑」

「恵美ちゃ――」

言う暇なんて、あたえない。

「うるさい。迷惑なの」

「恵美ち――」

「うるさいって言ってるでしょ」

竹ちゃんが大声を出し、テーブルをたたく。

「聞いて。私は、あなたの力になりたいの。あなたが、悩んでいるのはすごく分かるから」

二人の間に流れる、冷たい空気。

「何が分かるの？」

私の苦しみが、あんたなんかに分かるわけがない。

「分かるわ。私は、あなたの力になりたいの」

竹ちゃんは、私の本音とやらを聞き出すために、わざと私を怒らせたんだろう。必死で、こっちを見つめてくる竹ちゃんの肩は、力が入ってパンパンになっている。もう私の頭は真っ白になり、どんどん蘇る感情をコントロールすることができずにいた。

「あなたの力になりたいの。恵美ちゃん」

「じゃあ、お願い聞いてくれる？」

「ええ、何でも言ってちょうだい。私に任せて」

うれしそうな竹ちゃん。

「本当に？　絶対？」

「もちろんよ」

うなずく竹ちゃん。頭が真っ白な私。そして口が勝手に言葉を外へ出した。

「じゃ、私を殺して」

竹ちゃんの顔が、みるみる硬くなっていく。

「何でもしてくれるんでしょ」

気味悪く笑う私。顔の血の気が引いていく竹ちゃん。

吉田　恵美は『異常者』です。

18

周りが遠く感じる。どうやって帰ったのかさえ覚えていない。気が付くと自分の部屋で座っていた。何も見えない。何も聞こえない。真夏なのに閉め切っている窓に、真っ暗な部屋。暑いはずなのに、冷たい空気が漂い身震いする。ただ自分の心臓の音だけが、鳴り響く。携帯電話はごみ箱の中で、虚《ムナ》しく受信メールを知らせる。ここは、周りに何もない、真っ暗な海。そんな所に、一人でポツンといる私の姿。

見つけた、吉田恵美がいた。あんな所にいたんだ。

「ねえ。何してるの？」

「分からない」

「何が分からないの？」

「分からない」

「あなたは、誰なの？」

「分からない」

どこからか聞こえてくる声。

「どこまで行くの？」

「分からない」

行き場所なんて決まってない。どこまでも流される。それでいい。自分の意志なんてなくていい。雨が降ろうと、雪が降ろうと、地震がこようと関係ない。岸だって見えないんだから。私は、ここで一人でいるんだから。ここは、広すぎて真っ暗、波音すら聞こえない海。同じ返事ばかりの机やベッド、タンスはもういらないから、捨ててしまおう。私には必要ないモノばかりだから、全部捨ててしまおう。ほら、とっても身軽になった。あれ、誰かが呼んでる。あれ、目の前にきた。そして私の首に手を伸ばしてきた。ドクドク、いってる。親指と人指し指の下が一番、ドク、ドクいってる。おもしろい。強く押すたびに、

ドク、ドク、が大きく早くなる。ゆっくりと息をしているのに、頭がどんどん重くなって、前に倒れていく。いっぱいドク、ドクいってる。顔が熱くなる。脳みそがぐちゃぐちゃに溶けてしまいそうだ。深い、深い所に沈む。目の横で、次々にたくさんの線がすりぬけていった。本当に、何も見えないや。やっと、やっと、解放されるんだ。
窓からは、優しいオレンジ色の光がもれている。
私が今までつくってきた美しいパズル達は、一つ、二つ、次から次へと、どこかに落ちていって、いつのまにか、なくなってしまった。後ろに残された道は、初めから一本しかなかったくせに、もどることさえ許そうとせずに前を向けと言う。落としてきたパズル達を拾いにも行けず、気が付くと、美しかった絵は、たくさんの穴があいて、ひどく汚れ、崩れてしまいそうだ。

煙草に火をつけた。小さく燃えるちっぽけな赤色の火と、頭の上に、ゆらゆらとのぼってゆく白い帯は、少しの風でも迷いながらさまよう。息を吸う度に短くなって、簡単に灰になって、落ちる。そして、何も残さず、跡形もなく、消える。——誰かさんにソックリ。

あの時、竹ちゃんにあんなこと言うつもりなんてなかった。でも、口から出たモノは、もう取りもどせない。私は、どこまでも堕ちる——。

このままでいいのでしょうか
分かりません
みんな、それぞれの道に進み
これからもちゃんと努力し続けるでしょう

けれど、私はどうなんでしょうか
苦しさや努力から逃げてばかりで
結局は、大きな壁にブチ当たる始末
みんな、それなりに辛さがあり、苦しかったかもしれません
でも、がんばって勝ちとっていきました
私は本当に逃げた弱い人なのです

本当に強い人は誰なのでしょうか
素直に涙を流すことができる人のこと
恐さを隠さない人のこと
私は全く正反対
素直に涙を流すこともできず
見栄ばかりで恐さを奥に隠してしまう

何をするにも、先に世間体を気にし
諦めるにも、正当な理由をどこからか探し当てる
憶病な私
恐がりな私
自信のない私
プライドだけが、高いようで、自分より優れた人の前では、全く頭の上がらない私
とても弱い私
強さをください
この私に偽りの強さではなく
本当の強さを——

19

子どもは、親に自分のみじめな姿など見せられない。どんな時も、あなた達の自慢の子どもでいたいから。だから、こんなボロボロの姿、絶対に知られたくない。

せっかくの夏休みだというのに家の中で過ごす日が増え、あまり声を出さない日々が続いた。友達とのやりとりは、メールで十分。でもだんだん、返事をメールするのさえ、できなくなってきた。幸いなのか、不幸なのか、私の携帯電話は受信さえ知らせずにどんどんホコリをかぶっていった。毎日、毎日、「私は大丈夫。私は普通」と、自分に言い聞かせ、なんとか自分をコントロールした。

でもそんなことが続くわけもなく、次第に家族の目さえも恐くなり、一日のほとんどを部屋で過ごすようになった。はやりの歌を聞くわけでもなく、時間を早送りしながら、ただ部屋にいた。

夕方になると母がパートから帰るので、少し顔を出して、「いつもの恵美」を演じる。父や姉とは、もう何日も顔を合わせていない。二人には、日頃もほとんど会うことはないから、別に特別なことではない。母とは毎日顔を合わせていたけれど、ちゃんと夕方には顔を見せているから、大丈夫。ばれていないから大丈夫。

ただ勝手に流れていく時間。誕生から、日常生活、学校生活、生きること、これまで築いてきたモノ、全てに疑問を感じるようになる。

時々、胸が潰れそうになる。でも、きっとそれは、私に必要ないモノになったはずだから、知らない。あんなに広かった海が、どんどん小さくなっているのは、気のせいなのだろうか。気が付けば、海が小さな箱に変わり、その中で体操座りしている私がいる。また、気が付けば、自分の手足さえも確認できなくなっている。

もう何も望まないから、一つだけ願いを叶えてほしい。私を含め、この世界の汚れきった不自然なモノを、どうか全て抹消してください。二度と蘇ることのないように。

20

コンコン、誰かがドアをたたく。鍵をかけているから大丈夫。外から、

「恵美、絵理子ちゃんよ」

と母の声がした。会いたくない。話したくない。でも、母に変に思われる。ばれてしまう。

目の前に、下を向いて座る絵理子。

「メール、見てくれてる？　けっこう送ったんだけど。電話しても、留守電になっちゃうから。会いにきちゃった」

今にも、泣きそうな絵理子が何か言ってる。そうか、ぜんぜん携帯、充電してないから、電源、切れてるんだ。どうりで何も言わないはずだ。

無理に笑おうとする絵理子。何も話さない私に戸惑い、手で髪をかきあげあせりだす絵

理子。

「そうだっ。今度、三人で花火見に行こうよ。今年の花火は、去年よりも迫力あるらしいから」

次は、ヒマワリのような笑顔。その笑顔、うそっぽくなくて、けっこう好きだった。でも、もう見せてくれないかもしれない。

「また、竹ちゃんに頼まれたの？」

感情のこもらない、冷たい声を、絵理子にぶつけた。


「あら、絵理子ちゃん帰ったの？」

と、人参を切りながら話す母。

「うん。急用、思い出したってさ。絵理子さ、何か言ってた？」

リモコンで、テレビを操作しながら確かめた。

「どうして？　別に何も言ってなかったわよ」

「いや、別に」

大丈夫、ばれていない。トントンと人参を切る母の後ろ姿を見て、少し安心した。

何日かすると、また誰かが来た。さっきの郵便屋さんかなと扉を開けると、目の前に大嫌いな人が現れた。家に誰もいなくてよかったととりあえずひと安心し、竹ちゃんを見上げた。

「久しぶり」

私が一番大嫌いな、ニセモノの顔で笑う竹ちゃん。玄関先で話すわけにもいかないから、とりあえず、玄関まで入れた。

「元気にしてる？」

一人で話し出す。私の中の扉を開いた人。せっかく、開けないように一生懸命、何重にも鍵をつけていたのに。顔を見たくない。だから言ってやった。

「私を殺す気にでもなったの？」

その瞬間、火花が飛んだ。ほっぺは、いっぺんに真っ赤にはれあがり、ヒリヒリと音をたてた。目の前には、私に平手をした右手がまだ宙に浮いている。体の横にもどろうとする右手を目で追っていると、美しく光る滴《しずく》を見つけた。顔を上げ、正面を見ると涙を目いっぱいにためて、こっちを見る竹ちゃんと目が合った。

長く続く、二人の沈黙の時間。なぜあなたが、大の大人が泣く必要があるのか。何かを訴えようとする力強い瞳は、美しくもあり、はかなくもある。沈黙を破るように、心地良い声が響く。

「どうして、そんなことを平気で言うの？」

それは、私が聞きたい質問だ。

「自分じゃ、死ねないから」

口が勝手に動き出す。

「恵美ちゃんは、今、何がしたいの？」

動じることなく、堂々とした竹ちゃんが質問ばかりしてくる。これ以上、私をかきみださないでほしい。

「ねぇ、もう帰って。私の願い叶えてくれないんでしょ。もう帰って。もうすぐ、お母さんも帰ってくるの。職業なんて、もう気にしなくていいから、もう来ないで」

力いっぱい拒否する竹ちゃんを、手を棒にして押し出す。何度も訴えてこようとする目は私をつらぬくけれど、それを無視して扉を閉める。扉の向こうで、ドンドンたたきながら、私の名前を呼ぶ人がいる。でも、それも無視して、部屋にもどった。しばらくしてから、カーテンの隙間《すきま》から外を覗くと、諦めて帰ろうとする竹ちゃんの後ろ姿を確認した。

21

機械に支配され、人とのつながりがうすれつつある、この冷たい社会。増え続ける医療ミス、不祥事の数々。こんな大人の姿を目にして、私は、何を目指し、何を信じればいい。毎日のように、テレビから流れる辛いニュース。でもどんな悲惨な事件でも、真顔で報道するニュースキャスターの言葉も心に響かない薄情な私。他人事にしか感じない私には、昨日あった事件も、今日あった事件も、アクション映画と何も変わらない。

十年後の私も、社会も、今と同じように、同じ事を繰り返すだろう。そんなのだめだと分かっていても、現実という壁は厳しすぎて、ヒビすら入らない。

物が溢れている時代に生まれた私達、欲しい物は何でも手に入る中で育ってきた私達。でも、本当は欲しい物は、どれだけ願っても何一つ手に入れることができない。豊かな社会の中でもがき苦しむ私達。その姿を誰にも見せられずに、奥に押し込め、さらにもがき苦しむ私達。

それをサインに、爆れ出す人、隠れる人。わざわざ傷つける言葉ばかり選び出し、一生懸命にだしたサインをひねり潰し、規則だけで自由な心を縛る大人達。

なぜ、大人は人の心をやわらかくする言葉をたくさん持っているのに、それを使わないで過ごす。「最近の子どもは」「でき損ない」「社会のクズ」「お前達の親はなぜ、わざわざ……」「規則を守りなさい」「一人だけ違う考え方は許されない」「みんなと同じ考えを、歩き方をしなさい」「勝手に、列からはみ出るな」なぜ傷つける言葉を選ぶのか、どうして、自由をくれない。

どこまでが「普通」で、どこからが「特別」になる。どこまでが「苦しみ」で、どこからが「楽しみ」になる。どこまでが「友達」で、どこからが「親友」になる。どこまでが「子ども」で、どこからが「大人」になる。

なにが「正解」で、なにが「不正解」になる。なにが「すばらしいこと」で、なにが「悪いこと」になる。

どうして、簡単に生きることができない。

人を愛せなくなった私は、とても否定的で悲しみばかりにくれている。私はまるで「悲劇の主人公」。先が見えないようで、すでに決定している道に戸惑い、心は行き場をなくす。辛い。どこにも私は、存在していない。

ただ夜がきて、朝がきて、時間だけが無責任にすぎていく。眠れない夜は、朝日とともにやっと目を閉じることができて、そのままこの目が開かなければいいのに、と何度も願う。願いはもちろん届かず、日が落ちかかる頃に、ゆっくりと目が開く。今日という一日はもう終わりを告げ、さらにムナシサがおそう。私は、生きている意味があるのかと――。

のどの渇きを感じ、冷蔵庫に手を伸ばし、体に水分を与える。ムナシサをまぎらわすために、TVをつける。私の気も知らないで、テレビのなかは笑顔と楽しい話題で輝やいている。消した。このテレビのなかの人も、それなりの悩みを抱え、プレッシャーを抱え、がんばって生きているのだと、そして笑顔でがんばっている姿を見て、さらに、自分の弱さに気が付く。なぜこの私という人物は、こんなにも脆《もろ》く崩れるのだろう。こんなにも、簡単に。

ベッドに転がる。何も考えなくていいのは、眠っている時だけ。目を閉じ、口を閉じ、自ら息を殺す。少しずつ周りが白くなり、ボヤけてくる……。このまま、このまま。そうすれば、やっと私は解放される。心の中に住む怪物から解放される。やっと……。

こんなにも簡単に、私という人物は「死」という現実を、自らの手でつくろうとする。何万もの輝く命をはねのけ、この世に生を享《う》けたことを忘れて。徐々に周りが遠くなる。

でも、意識がフッと飛びそうな瞬間に、スーゥと、また呼吸を始めてしまった。これで、何度めの挑戦になるのか――。私は、自らの命を絶つ勇気さえもないのだ。さらに重いモノが、私の心をうめつくし、目だけからは温かく、少し冷たい涙が溢れ、頬を伝っていった。

22

夏休みに入り、昼と夜が逆転してしまった私は、今日も日が暮れる頃に目を覚ました。そして、がむしゃらにあちこちのそうじをし始めた。すると、花柄のブリキの箱を見つけた。それは、いつも写真を入れている段の見つけにくい角に置いてあった。興味のわいた私は、箱を手に取り、中をのぞいてみると何冊もの大学ノートが重なり合っていた。何気なしに、ノートを開くと、そこには、私の欲しかったモノが詰まっていた。

六月十五日

最近の恵美の様子が気になる。日に日に言葉数が減り、何か悩んでいるよう。お姉ちゃんは、大きな反抗期があって手こずらせたのに、恵美にはなかったように思う。

＊　＊　＊　＊

七月一日

今日は、たくさん学校のことを話してくれた。お姉ちゃんには、最近の買い物のしすぎを注意。

＊　＊　＊　＊

七月三日

恵美がしんどそう。進路に悩んでいるのか。友人に悩んでいるのか。こういう時は、姉妹のほうが話しやすいかもしれない。お姉ちゃんに、それとなく聞いてみるように頼む。

＊　＊　＊　＊

七月三十一日

今日は恵美を叱った。タバコを吸っていたようで、先生に怒られたようだ。娘の異変に気が付かないなんて、母親失格だ。情けない。

＊　＊　＊　＊

八月十日

恵美が部屋にこもりがちになっている。自分のことをあまり話さない子だから、よけいに心配になる。絵理子ちゃんが来てくれたのに、すぐに帰してしまったようだ。もう少し、様子をみて話をしてみよう。本当に情けない母親で二人に申し訳がない。ごめんね。

ほぼ毎日つづられた、母の日記。

大学ノートの中にまぎれていた、小さな黄色のメモ帳を見つけた。

・今日恵美がたくさん笑った。

・今日は四人でピクニックに行った。お姉ちゃんになった美香は、しきりに恵美をだっ

こしたがる。
・今日は恵美が初めて喋った。美香は「ママ」だったのに、恵美は「パパ」だった。パパは大喜び。ママは、ちょっと悔しかったり……。
そこには赤ちゃんの頃の私がいた。

＊　＊　＊　＊

私の家族を初めて見つけた。私の十八年間が、いっぱい詰まった母の日記。母はちゃんと気が付いていていた。それが、とてつもなくうれしかった。私の迷いにちゃんと気が付き、どうすることもできずにいる自分を責めていた。あの時、急に黙り込んだのも、私を見捨てたわけではなく、そんな必要もないのに、自分を責めたんだ。私は何を見ていたんだろう。初めて、気が付いて笑ってしまった。日記を読みながら、徐々にゆるんでゆく頬とあつくなってゆくまぶた。幾つもの喜びの花が、体中をうめつくす。全身からフツフツとこみ上げる温かさと、心地よく胸を覆う充実感。体中のエネルギーが私の心をみたす。

本当に欲しいモノは遠くになんかなく、手に届く、こんな近くにあった。そして、私は、こんなにも愛され必要とされていた。私は、うれしさのあまり胸がむずがゆくなって、もうこれ以上、耐えられなくなっていた。日記をブリキの箱に入れ、元の位置にもどした。見なくても、きっと中は、姉と私のことと、母の愛情でいっぱいだろうから。もう見る必要がなかった。

23

汚い机の上のゴミを集めゴミ箱に捨てようとすると、中に懐かしい物を発見することができた。

『この前は本当にごめんね。竹ちゃんに頼まれた時に、香よりも誰よりも、恵美本人に話を聞くべきだったね。私、恵美のこと大好きだから、いろいろもっと話してほしくてあせってたのかもしれない……。今日、試合勝ったんだ✌』✉絵理子　8/1　20:30

八月一日から、毎日入っているメール。まったくなんて奴なんだろう。引退のかかった大事な大会なのに、わざわざ毎日、毎日、メール送ってきて、家まで来て、ヒドイこと言われたのに、それでも毎日メールを送ってきて……。言葉が続かない。鼻のてっぺんに、涙が集まって涙の滝ができる。携帯を握る手はあつくなって呟く。なんてバカな奴。

携帯を見つめていると、誰かからメールが入ってきた。

『元気？　私は謝る気ないし、恵美も謝る気ないだろうから、リセットボタン押しちゃいますかー？　このままじゃ、ずっと平行線だしね。どう!?』✉香　8/1　20:15

リセットボタン……。押してもいいのかな？　温かい気持ちとともに、また涙が集まる。本当に自分は、なんて泣き虫な奴なんだろう。

今までは、分からなかった。友達とはいえ、どういうふうに接するのが友達なのか。信用しすぎると、裏切られた時のショックが想像できないぐらい恐いから、信じないほうがラクだと壁を常につくってきた。仲良くなりすぎると、その子の嫌なところが見えてきて、自分も同じように嫌な面を見せているんだと思うと、恐くて一歩をふみ出すことができずにいた。

そんなモノに価値なんてないと知っていたけれど、みんなから「いい人」と思われたかった。内側の私という人物と外側の私という人物に区切りをつけ、心の中の奥底に閉じ込めた。自分を守るために――。それから自分を嫌いにならなくてすむように――。何度も自分自身を解放しようと試みた。裏目に出たらどうしようという恐怖感が私を襲い、何度も迷い、挫折しては、自分を責め、他人のせいにしてきた。

けれど、温かく包んでくれる人達がいた。いつでも笑顔をくれ、私が、不機嫌な顔をすれば、少しの距離を保ち、癒してくれた。なんてバカみたいに優しい人達なんだろう。

そして私という人物は、自分が思っているよりも両方の自分を見せ、わがままいっぱいに生きていることに初めて気が付いた。初めて気が付いて、笑ってしまった。本当のバカだ。せまい視界の中ばかりで生きていた私は、周りどころか自分さえ見つめることができていなかったのだ。

24

コン、コン、誰かが私の心の扉をノックする。鍵は開いているからいつでも入れるよ。

さんさんと私たちに襲いかかる真夏の太陽と、ヒリヒリと音をたてる地面がけんかを始めるなか、フゥーと息を吐いて気合いを入れる竹ちゃん。

「黙って聞いてね。あなたは、まだ若いし、これから先もいろいろなことが待っているわ。想像できないぐらい幸せなことや、もちろん辛いことも、無限に広がっているの。『人生山があれば谷もある』よ。何かを得るまでは、しんどくて辛い上り道が続くけれど、頂上ではたくさんの喜びが待っているの。少しでも気をぬくと、すぐに下り道を一瞬で転げ落ちてしまうけれど、落ちたら、また登ればいいだけなの。だって、前の山を登り切った力が、自分にはあるんだから。大丈夫って自信をもって、先へ進むの。そりゃあ、人生は厳しいわよ。でも、答えを出すにはまだ早すぎるわ。生きていれば何かあるんだから」

一段上にいる竹ちゃんが、一緒に山を登ろうと誘ってくれている。

「意味、分かる?」

心配そうに竹ちゃんが言う。うなずくのが精いっぱいの私。

「私が高校生の時、変な先生がいたの。やたらと『チョイス』と『ジレンマ』っていう言葉が大好きな先生でね。テストは嫌いだとか、この教科書は古すぎるから使いたくない、とか言う先生で、どれだけ質問をしても、自分の想いばかりを私達にぶつけてくるの。それで授業が成り立つわけもなくて、テスト前になると、一時間で教科書を何十ページも進めてしまうから、生徒は大混乱。もちろん、みんなからブーイングの嵐を受けるんだけど、謝るどころか、『お前らがテスト前だけ勉強しようと思うからだ』とか、『オレは、教科書からなんて問題を出したくないんだ』とか言いだすの。それから、よしっ、て思い付きで急にテスト範囲を変更して、二割は教科書から、八割はオレが授業で喋ったことからだ、とか言い出すの。さらに、ブーイングの嵐が飛びかうけれど、そんな事おかまいなしに、またおもしろいことを言うの。『オレのテストは、答えを書くテストなんかじゃないぞ。考えるテストだ』なんて言い出すの。そのテストには、一つの正解ではなく、たくさんの正解があったの。たくさんの文章を書かせてみたり、感想を書かせてみたり、最近の新聞から問題を出してみたり、とにかく○×を書いたり丸暗記するだけのいつものテストとはぜんぜん違って、本当に考える意味のあるテストだったの。おかしな授業だったけど、何か訴えるものがあったわ。自慢まじりの自分の身の上話をしてみたり、これからの人生を語ってみたり。おかしいでしょ。今のあなたよりも倍以上は生きている人が、私達よりもたくさんの夢を見て、未来を開こうとしているの。アメリカの考え方が大好きで、日本の一つしか正解のない考え方をとても嫌うの。とんちんかんな授業だったけど、学ぶということは、教科書の勉強以上に、もっと身近なことから、世界のことまで学ぶべきことがたくさんあるんだということを教わった気がするわ。

先生の言葉をかりると、私は、人生とは『チョイス』（選ぶ）、『トライ』（挑戦する）、『ジレンマ』（板ばさみ・迷い）の繰り返しだと思うの。あれ、なんか話、それちゃったかな。だめだね」

かわいく苦笑いを浮かべる竹ちゃん。

「ううん。そんなことないよ、竹ちゃん。すごくよく分かる」

本当の心からの笑顔を竹ちゃんに向けた。

「本当に？」

「うん。なんかね。もう大丈夫だよ」

その瞬間、なぜか竹ちゃんの顔が固まったけれど、あまり気に止めなかった。そして、竹ちゃんのことをもっと知りたいと思って、何か質問はないかと考えた。

「竹ちゃんの家族ってどんなの？」

「えっ。あ、ちょっと天然の入った父と、私にそっくりな母、そして超ハンサム（?）な弟がいたわ。恵美ちゃんは？」

いた？　事故とかで亡くなったのかな。でも竹ちゃんの顔を見るとなんだかこれ以上、聞いてはいけない気がした。

「私は、お酒大好きなお父さんと、すぐに怒るお母さん、自分のことばっかりのお姉ちゃんの、普通の四人家族だよ」

「家族のこと好き？」

とても難しい質問だ。

「うーん。少し前までは、多分すごく嫌いだった。でも、最近は基本的にはすごく大事。

やっぱり、毎日、同じ家で暮らして顔を合わせているから、すごく腹が立つこともある。でも、どれだけ口ゲンカしても次の日の朝には、普通におはよう、って言ってる自分がいるの。不思議なぐらい」

「うん。分かるよ、家族ってそんな感じだよね」

このあとも、香と絵理子と仲直りをして花火を見に行ったこと、校長と神田のこと、家族のことを笑い話と一緒に話しては、大声を出して笑った。そんななか、また新たに竹ちゃんがこの前と同じようなことを聞いてきた。

「どうして、死にたいと思ったの？」

目が覚めたあとも、いくら考え、考えたって答えが見えなかった疑問を、心をつらぬくような眼差しで聞いてきた。その時、私の心で硬く固まっていたモノが、大きな音をたてて、弾けた。そして、大きく扉が開いた。

「ボーッとテレビを見ている時とかに、ふと『今あなたは何をしているの』と心の声が聞こえるの。一秒前までは、のほほんと毎日を気楽に送っている自分がいるんだけど、突然、何をしたらいいか分からなくなって戸惑う。夢も目標もなくただ生きる自分が、すごく許せなくなって、身動きがとれなくなる。でも、何度も『何をしているの』という声がずっと聞こえてきて、心にある大きな穴に冷たい風をあてるの。自分には、何もない気がして、何をしたらいいか分からなくなって厳しい現実にぶつかるの。

それから、私は過去へと落ちていって、何も変わっていない、成長していない自分に不安でいっぱいになって、自分の幼さを人と比べて、土の上の部分ばかり伸びて、自分自身の根は成長していないことに気が付く。

そんな時は時間が止まったようで、抜け出せなくなるの。際限なく続く道に、自立という大きな壁が生まれて、私はいつまで家族とともに過ごせるのか、今の友達はずっと友達か。十年後には音信不通なのではないのかとか、私は将来何をしているのか、というがく然とするような未来にぶつかるの。そうすると、だんだん生きることが恐くなってきて自分を見失ってしまう。朝起きても何もなくて、心が崩れ、逃げ場さえもなくなり、どこへ行っても何をしても不安で仕方がなくなる、枯れた毎日が始まるの。しだいに耐えることができなくなってきて、小さなアリさえも自分より大きく感じるようになる。誰かに、大丈夫だよって言ってもらいたくて、でも、そんなの信じることができなくて、誰かに止めてほしくて、自分ではとてもコントロールできなくて、もうダメになってしまって考える。それでも、時間は毎日、規則どおりに進んで、私もいつもどおりの生活を続ける。この中途半端が、私をよけいに苦しめたの。でも、この苦しみは友達にも親にも誰にも分からないって思った。

そして、疑問は日を追うごとに増え続け、学校や家族、社会への疑問に変わっていくの、どうして、みんな同じように考えなければいけないのか、同じように感じなければいけないのか。はみ出した者には非難の目が向けられ、全てを統一させられる。そこまで感情が達すると、何が正しいのか分からなくなってくる。

次は、孤独との闘いが始まって、誰も信じることができなくなる。自分がみじめになってきて、家族からさえも愛されていないのではないかって、どんどん自信もなくなってくるの。

想像のつかない将来を目の前に、何も考えずには生きられなくなって、未来さえも信じることができなくなる。そして、誰も私を救えないならもう、どうでもいいという破滅的な考えに吸い込まれていくの。

今という現実と未来をつきつけられ、だらだらと何もしないで、毎日を過ごす自分が悪い。あまえる自分が悪い。勝手に、暗く沈む自分が悪い、どう考えても自分が悪いという答えに行きつくの。人に言われなくてもちゃんと分かっている、私は、人のせいにしている。誰かのせい、家族のせい、友達のせい、みんなのせい。自分のせい？　それなりに自分のせいにして、それ以上に周りを責める。そして、自分の弱さを棚に上げて他人を責める。自分のみにくさ、最低な姿、もろさ、根性のなさが許せなくなって、全てを壊したくなる。それでも、やっぱり毎日は勝手に通り過ぎ、だんだん、ボーッとする時間が増え、『自分は、生きる価値があるのか』という、『生きる壁』にぶつかるの。生きる壁は、とても厚くて、どんなにもがき苦しんでも、小さなヒビすら入らない。到底、太刀《たち》打《う》ちができない相手を目の前に、お先真っ暗の私は、諦めというとても簡単な道に逃げ、最後に心の中の偽りでもある『死』という本音を竹ちゃんにぶつけた。本当に心を結ぶ線を失った私は、元の場所へもどることもできなくて、本当の意味での苦しみを初めて知ることになる。でも、突然やってきた苦しみは、百八十度急に進む道を変えたの。初めて家族や周りの人の愛に気が付いた私は、真っすぐ立てるようになった。その時の私は、それに気が付かなかったバカな自分を責めたりせず、これで逃げた意味があったと思った。何も得ずにこれから生きるよりも、たとえ遠回りしてでも何かを得て生きる方が、よっぽど大きな扉を開くことができるから。私は、ちゃんと答えを見つけることができた」

変わらず照り続ける太陽の中たんたんと静かに流れていく私の声を竹ちゃんは、何も言わずそっと吹く春風のように聞いてくれた。しばらく沈黙が続き竹ちゃんがゆっくりボソボソと話し始めた。それは、まるで教会での懺悔のようだった。

「私の弟ね、自殺したの。何か変な様子に気が付いたから、何度も『大丈夫？』って聞いたのに、あの子は笑いながら、『僕は普通だよ』とか『大丈夫だよ』って答えるの。それなのに、あの子は遺書さえ残さずに、自分で自分の命を消してしまったの」

一粒、一粒、落ちてゆく涙と、肩を震わせ、何かの呪縛《じゅばく》から抜け出そうとする竹ちゃんを見て、私の体は自然に竹ちゃんを抱きしめた。堰を切ったように泣き乱れる竹ちゃんは、

「私は、あの子の家族なのに、姉なのに救えなかった。助けてあげられなかった」

と自分ばかりを責め、また大粒の涙を流した。

「竹ちゃん。家族だからできないことや、言えないこともあるんだよ。私もね、あんな姿は家族に見せることできなかった。もし、お母さんに、竹ちゃんが弟に言ってあげたように聞かれても、あの時の私は素直に叫ぶことなんてできなかった。だから、竹ちゃん、自分を責めちゃダメだよ。それに、竹ちゃんは、あんなに私を助けてくれたじゃない。あんなに私を引っぱり出してくれたじゃない。あの時、竹ちゃんがめちゃくちゃ言ってくれたから、私は自分に気が付くことができたんだから」

叫び声と涙声をまぜながら、必死になる私と、頭を横に振りながら否定する竹ちゃん。

「違うわ。恵美ちゃんを救ったのは、あなた自身よ。私なんて――」

バチンッ。にぶく高い音が響いた。両手で思いっきり、竹ちゃんの頬をぶったたいた。

「そんな、『私なんて』とか言わないでよ。確かに、人間の中にある、『自信』や『プライド』を利用できるか、できないかは自分自身の強さだけど、そのチャンスを与えてくれるのは、同じ人間しかいないんだから。私に、そのチャンスを与えてくれたのは、確かに竹ちゃんなんだから、もっと自信をもってよ」

一瞬、私の顔を見て、また下を向いて泣き崩れる竹ちゃんは、まるで小さな子どものようだった。

全てを出し切った私達は、ぐったりとしていた。でも、心の中はとても穏やかで、まるで静かな透き通った湖の中にでもいるような気分だった。

ふと、目が合えば微笑み合い、付き合い始めたばかりのカップルのように頬を赤らめた。

時間は、心とともにゆっくりと過ぎ、私達の心を優しく癒してくれた。

25

誰もが、自分の心と闘い、涙しながら生きる。無情に過ぎていく時間を追いかけながら、時には寄り道をして、宇宙のように広がる未来へと歩んでいく。

確かに、「生きる」ことは、目の前が真っ暗になったり、行き止まりにぶつかったり、派手に転んでしまったり、と様々な壁と向かい合わなければいけない。

多分、これから先も、生きている自分に疑問をもち、どうしたらいいか分からなくなって苦しむときが、また来ると思う。もし、その時がどんなに悪い状態だったとしても、私はもう逃げない。毎日がやたらとしんどくて、だるくても、自分が重たく感じても、今の私は自分を許せる心を持ったから。生きることに理由なんていらないって分かったから。

それに、私には家族があるから、友達がいるから、大丈夫。そして、何よりも私には私という人間が、片時も離れずにそばにいてくれるから大丈夫。

もし、私が人に「自分が好きですか」と聞かれたら、こう答える。

「好きなトコもあれば、嫌いなトコもある」

的はずれな答えかもしれないけれど、これは私の正直な想いだし、私はもう、強さや「完璧な人間」なんて目指さないから。

大切なことは、自分のコトを自分が好きでいてあげるコト。自分に優しくできない人は、他人にも優しさを与えることなんてできないと思うから。

自分を大事にし、素直に生きることが、こんなにラクで素敵なことだとは知らなかった。簡単かもしれない――。自分を解放し、自分に素直に生きることは……。

だから、私はこれからも、今までどおり迷い苦しみ、そして喜びながら「生きる」。

花は花であり花ではない
どんな形でもいい
花は花の形でも
花の形は形ではない
どんな形でもいい
決まってなんかいない

今日もいつもどおりに、朝から学校へ行って、家に帰った。すると、

「あー、恵美。待って、靴ぬがないで」

「えー。何よ」

私の元へ走りながら、母は、

「お醤油、切らしちゃったのよ。パッパーと行って買って来て!! ねっ」

「えー。この格好でぇ」

「大丈夫、大丈夫。誰も見てないから」

「んー。もう」

玄関を開け、門を開け、私は帰ってきた道をまたもどった。

空には、だいだい色と赤色、いろいろな色が混じり合った夕日が無限に広がり、私の背中を優しく照らしてくれた。

おわり

あとがき

時代は動く

確かに時代の壁は厚い。私達の祖父母は、戦争という大きすぎるものを経験し、外国人への偏見や大きな差別、と大変な時代を生きぬいた。日本という国へのこだわりや普通に家族一緒になって穏やかに暮らすということが、どんなに大切なことかを知っている。

父母の時代は、急すぎる経済成長を迎え、いい大学に入れば、将来、有名な会社に勤め、出世できるという時代になりつつあった。そして、家族よりも仕事という考えがちらほらと浮かび上がり、お金が生活の中心になろうとしていた。

現在は、また違う時代に突入しようとしている。私の年代や、少し上の年代の考え方ですら微妙に違ってくるのだから、私達と大人、先生との意見がぶつかるのは当然だ。

今の私達は、自由なものの考え方を求め、学歴ばかりにとらわれない、という考え方に変わりつつある。でも、親としては将来のことを考えれば、少しでもいい大学へ、いい就職先へという夢と愛情、考え方がある。そんな考え方の違う中、反発する私達はとても苦しい。さらに、自由ばかりを求める私達は、学校という、昔ながらの規則の中にとじ込められ、先生という、全く考え方の違う大人に出会い、何もかも理解できずに、孤独に落ちていく。

時代の壁は、確かに存在する。少しの年齢の差でも、考え方がおもしろいほど変わってくるのだ。しかし、それはおかしなことではなく、当然なことなのだ。ただ現在《いま》は、昔と比べ時代のスピードが早すぎる。そのために、考え方のずれは大きくなり、人々は苦しむ。だからこそ、私達はお互いに考え方の違いを認め合い、理解しなければいけない。そうすれば、私達は年代に関係なく、時代という壁を飛び越えて、もっと近づき合えるはずだから。

著者プロフィール
上田 菜美子（うえだ なみこ）
兵庫県神戸市在住。19歳。

イミ不明・・・デス　なんで生きてるんだろう

2002年4月15日　初版第1刷発行

著　者　上田 菜美子
発行者　瓜谷 綱延
発行所　株式会社文芸社
〒160-0022 東京都新宿区新宿1－10－1
電話 03-5369-3060（編集）
03-5369-2299（販売）
振替 00190-8-728265

印刷所　株式会社平河工業社

ISBN4-8355-3511-1 C0093